百鬼夜行
百鬼夜行 卷1
林投劫
笭菁 著

百鬼夜行 —卷Ⅰ— 林投劫

（※本故事內容純屬虛構，如有雷同，純屬巧合。）

目次

楔子

昏暗的房間中，詭異的燈閃爍著，窗外是陰暗的山林，在夜風中悽涼搖曳。

「我掙扎著，幾乎吸不到空氣，但無論如何都掙不開！」一個頭上繫著繩子、頸子都快被勒斷的女人，聲淚俱下的訴說著，「等我醒來，我已經在樹下了……我才知道，我的人與錢不但被騙走，連命都……」

一位林投樹下的無名女屍，正幽幽的訴說自己悲慘的一生。

轟！傾盆大雨，電閃雷鳴，一道白光劈下，瞬間照亮了整個夜空，這場雨來得又急又猛，很難想像一個小時前還是炎熱晴朗的天空，卻在短時間內烏雲密集，雷聲隆隆。

這瓢潑大雨令人措手不及，連躲都來不及躲，打傘也無用，一對情侶本來想在這偏僻海邊享受兩人時光，結果現在連躲都沒得躲，車子停在遠方根本來不及。

兩個人踩著水窪，奔向了一棵大樹。

「好像……有好一點？」男人打著傘，雨聲聽起來沒那麼可怕了。

藉由樹葉的遮擋，大雨果然不像剛剛那般全倒在傘面上，方才聽起來傘面都快被雨砸破了！

女人搓著手臂，一把小傘怎可能覆蓋兩人，多少都會被淋到，男人貼心的將她摟到身邊，將傘朝她那兒挪去。

「別這樣，你這樣淋到太多了。」她也心疼的說著，連忙移動傘，「頭不要淋濕。」

「男生淋點雨算什麼！」男人笑著，這種情況當然是給女性遮雨啊，「妳也小心一點，這後面好像就是懸崖了，站過來一點！」

兩個人在那兒僵持不下，不一會兒卻相視而笑，都是爲了對方好，這樣的推拒反而多了幾絲甜蜜。

才剛交往，熱戀期一點兒小動作，就會令人覺得心都要化了。

「哼。」

明顯的冷哼聲傳來，男子聽出其中的不屑之意，循著聲音看去，是在他們隔幾棵樹、約兩公尺外也躲雨的女人。

男人謹慎的觀察著，說不定她在講電話，也可能在自言自語，想確定對方是否在針對他們。

這裡是一大片林投樹，隔壁看起來比他們這裡更緊密，因爲女人靠著樹幹，卻沒打傘，看起來卻幾乎沒淋到雨。

「這種體貼都是假的，一看就知道你們在熱戀對吧？」女人繼續說道，「熱戀時什麼狗血的話都說得出來，男人說的話都是騙人的。」

「喂！」男人這下可確定了這傢伙是在指他們，「妳是在說我們嗎？」

女友不安的拉拉他，不要吵架啦！別理她就好了。

「對！就是在說你們。」隔壁樹下的女人略微探頭，試著想看女孩似的，「千萬別相信男人那張嘴，追求時都是一副嘴臉，到手後絕對換另一副！」

「妳是哪位啊！在這邊胡說八道什麼！破壞我跟我女友！」男人聽得氣急敗壞，把傘丟給女友，就要過去找人算帳。

「不要這樣啦！不要理她就好了！」女友拉著男友，沒必要跟人家起爭執吧？更何況對方也是女性，難道男友要揍人嗎？

「看看他這種模樣，說兩句就想揍人，是惱羞了嗎？說到你痛處了？」女人毫不控制嘴巴，繼續冷嘲熱諷，「小姐，我建議妳睜大眼睛看清楚，這麼容易就生氣的男人，說不定以後還會家暴呢！」

「妳閉嘴！」男人怒極了，衝過去就想找女人理論。

「你不要這樣——」女孩喊著，卻也拉不住男友。

男人衝到隔壁女人的面前，這素未謀面的傢伙爲什麼要說話這麼難聽的傷害……他與女……

樹下的女人站了出來，毫不畏懼的迎視了男人。

但男人卻瞪大了眼，臉色倏地刷白的踉蹌後退，女友上前拉過了他，一邊向後扯，「你不要這樣！」

「哇……哇啊啊——」男人突然失控的大叫著，下一秒扭頭狂奔而去，頭也不回的把女友遠遠甩了下來。

咦？女友呆愣在原地，眼睜睜看著男友像逃命般的遠去，自己卻拿著傘還呆站在這兒。

怎麼回事？他怎麼彷彿見鬼似的？突然嚇成那副模樣？女孩不解的正首，看向了那位刀子嘴的女人。

女人冷冷笑著，一副妳看吧的眼神，「我就說吧，男人，不可靠的。」

一條繩子緊緊繫著她的頸子，繩子已嵌進了皮肉裡，糜爛成一體，她雙眼充血通紅，張大的嘴像是渴求著呼吸一般，未曾闔上。

繩子另一端，繫著樹幹，女人原來從未「站」在樹下。

她是吊在樹下，那兒晃呀晃的……晃呀晃……

「呀——哇呀——」

百鬼夜行
第一章
百鬼夜行

當華麗的招牌一盞盞亮起，閃爍的霓虹燈開始爭妍比美，不僅代表夜幕降臨，而且已經到了越夜越美麗的時刻。

R區，是首都最繁華的地帶，這條與風景大相逕庭的「寧靜街」上，清一色全是酒吧夜店，各種風格應有盡有，總是白天寂寥，夜晚聲色犬馬，熱鬧非凡；間有部分咖啡廳與餐廳，也全都是星級品質！已經不記得是從何時開始成為酒吧聚集區，但是這兒的夜店一點兒都不俗，還有著自己的規矩。

寧靜街整條馬路是刻意復古的石板子路，所有夜店及餐廳從裝飾、服務、餐點與酒，均各具特色，讓顧客不管到哪間酒吧，都能有新鮮感；而以寧靜街為主旁邊側分的巷弄內便是比較平易近人的小酒店，以距離分，越遠則越是龍蛇混雜。

於是，這不過一公里平方的區域，什麼牛鬼蛇神都有。

「妳走快點！晚了進不去怎麼辦？」打扮入時的紫灰髮女孩嚷嚷著，踩著高跟鞋竟跑了起來。

「……才八點，夜店不是九點開嗎？」黑髮朋友穿著低胸暴乳裝，頂著妖豔的妝容。

「拜託，現在去都不知道要排多久了！妳以為我們今天要去什麼店啊？」紫灰髮女孩不可思議的嚷嚷起來，「那是百鬼夜行啊！」

說著，她指向寧靜街最末端、傳統所謂路衝的夜店，只要一踏上寧靜街，便能與一幢如城堡般的建築面對面。

其實那只是棟三層樓的透天厝，表面用木板裝潢成古堡模樣，對外的窗戶認眞的做成正港古堡窗，整整三樓的牆面上有許多詭異的雕像，惡魔、吸血鬼、躲在角落的狼人、喪屍、科學怪人、殭屍、木乃伊，也有東方的雪女，中間也有設置凸出的橫桿，上頭是倒掛的蝙蝠。

蜘蛛網更是不可或缺，整棟樓閃爍著陰森的光芒，大門還是張血盆大口的形狀，上方是染血的尖牙，而這大嘴上頭，掛著的卻是中國風的破敗牌匾，清楚的寫著「百鬼夜行」四個大字。

每個字都是陽刻，牌匾底下鋪設微弱的光條，讓招牌四周隱約閃著金青光芒，唯有「鬼」字下方的燈永遠不亮。

裝扮成魔女的黑髮女孩看著「百鬼夜行」大門旁長長的人龍都傻了，她當然聽過這間夜店的大名，但沒想到這麼早就有人來排隊了！

「就跟妳說吧！」紫髮朋友又氣又急的趕緊到人龍末端去。

即使是等待排隊區，「百鬼夜行」也在地上鋪設了長長的紅毯，以示歡迎貴賓的意思；所有排隊的人們均化妝成妖魔鬼怪，囊括了中西文化的各種鬼魅或妖物，因爲「百鬼夜行」有個福利：但凡入場裝扮者，第一杯酒一律免費。

衝著這個免費，所有人或戴著假利齒、或紅色放大片、貼個紋身貼紙都划算。

而且每晚十二點時，還會選出現場打扮最經典的人，整整一個月入場免費！

因此不僅僅只是隨意裝扮，更多人卯足了勁，想要成爲每晚的優勝者。

「我妝沒花吧？」紫髮女孩急切的說，「我今天一定要跟他說句話。」

「誰？」皺起眉，原來朋友有目標了？

「還能有誰……」紫髮女孩笑出了一朵花，「當然是酒保德古拉啊！」

噢，附近排隊的一眾女孩提起德古拉，無不露出陶醉的笑容，對紫髮女孩的說法再同意不過了！

「百鬼夜行」不只是外觀風格特殊，裡面的裝潢更是驚人，宛如身在鬼魅的世界也就算了，連服務人員也都裝扮成各式妖魔鬼怪，幾乎都是俊男美女，最迷人的，莫過於吸血鬼妝扮的Bartender！

「妳現在不會懂我在說什麼的！」紫髮女孩痴迷的看著黑髮女孩，「等進去後妳就知道，德古拉只要對妳一笑，妳便融化了。」

「對！」前後排隊的女孩們異口同聲，「他的聲音也超好聽！」

「而且總是能爲我們調出最適合我們的酒！」

女孩們你一言我一語，紛紛爲那迷人的Bartender陶醉。

女孩們迷戀的Bartender正擦著玻璃杯，嘴角輕揚，彷彿聽見了那逸美之辭。

「人類眼睛都有問題。」坐在吧台上畫眼線的白臉女人說著，「居然覺得你帥？」

男人緩緩把視線落到眼前的女人臉上，「我同意，就像很多人類也覺得妳美是一樣的道理。」

女人挑高了眉，「我本來就很美好嗎！仙氣！仙氣！」

她邊說，一邊往自己臉上再蓋了層白粉，務求整張臉白得瞧不見一絲膚色。

突然燈光一滅，整間PUB裡陷入黑暗，白臉女人皺起眉抬頭張望，嘖，她在化妝耶！

「經理！」她發出抗議。

在舞台後方，一個纖細瘦高的女人探出頭來，「我在試燈！等等吧！」

「誰叫妳都要到這裡才化妝！」德古拉搖了搖頭，黑暗毫不影響他的視力，自在的把杯子放回原位，再拿下一個擦拭。

營運經理身著西裝，紮著一束高馬尾，她髮長幾乎及地，束著馬尾的髮飾是個蛇紋圖案的髮帶，她試著店內所有的燈，開場前必須確保每一盞燈都是好的。

其他各種裝扮的服務人員也正在確定場內的乾淨，門口的接待人員亦無視黑暗彼此加油打氣，等等大門一開，就要展開一場硬仗了。

「有歌手抱怨舞台上的燈光有問題……現在看起來是還好。」營運經理一時找不到問題，只能放棄，再度開始吧台上的燈光，「各位注意，還有十分鐘就要開店喔！」

「好！」整間ＰＵＢ裡傳來同步回應，抖擻起精神。

此時後台緩步走出了步履輕盈的男人，他一襲古風水藍衣，水藍袍下還是白色棉布，宛若東方古代書生的飄逸。

「老大！」營運經理瞧見男人嚇了一跳，「怎麼突然來了？」

「嗯？」男子露出點困惑，「我巡我的店，有什麼奇怪的嗎？」

外頭所有人都僵住了，當然奇怪啊，沒有大事老大根本不會出現的好嗎！

男子有張溫文儒雅的氣質臉龐，東方臉孔，還眞的蓄著長髮盤起髮髻，上頭穿戴書生的書生帽，誇張的是書生帽後面還襯了兩條布！但所謂人帥益生菌，基本上顏值夠高，COS什麼都是一等一的美。

「他就是無聊，鬧什麼心痛！」他的身後，跟著另一個中低嗓音的女人，無獨有偶，女人穿著跟他一樣的古風漢服，全身素白卻小露香肩，披散著一頭烏黑長髮，頂了一個小髻，還插了根珠簪。

「有夠浮誇的，還有披在手臂間，走起來跟仙子似的。」白臉女不高興的嘟起嘴，「是在跟我比仙氣嗎？」

「仙氣也是有區別的好嗎！你們又不同族類！」德古拉不怎麼在乎，這兩種都不是他喜歡的類型。

「連袂登場，是出什麼大事了嗎？」連接待員都吃驚的走來，不可思議的看著百鬼夜行的兩位老闆。

古風男子只是嘆了口氣，幽幽的看向德古拉，「一杯三十二年的威士忌。」

「要開店了，老闆。」經理誠懇的說著。

「調杯馬丁尼給他，他心情不好。」古裝女人微微一笑，「勸半天沒用，剛剛又吵了一架！」

喔喔……喔喔喔，所有人交換眼神，頓時明白怎麼回事！

「是棠棠……今天是棠棠打工的日子。」營運經理尷尬的上前，她就站在老闆身後，朝著眾人使眼色，不要造次啊！

「棠棠……」提起這名字，白臉女就一臉可惜，「你說她都可以打工了，為什麼就不——哇啊！」

餘音未落，德古拉把一瓶酒重重砸上她尚擱在櫃檯的手！喀嗟！

所有人都聽見手指頭粉碎的聲音，白臉女驚嚇的跳起，差點滑下高腳椅，疼得瞪大雙眼，連眼睛都要成為白色了！

「冷靜！雪姬！」營運經理趕緊上前勸阻，「要開店了，我們沒時間處理妳！」

女人上前一把將酒瓶拿起，瞪了德古拉一眼，她知道他想勸阻雪姬的胡言亂語，但可以用好一點的招式啊！

接待員也趕忙上前安撫雪姬，沒事沒事，沒事！

老大倒是無視於眼前的鬧劇，沉浸在自己的悲傷中。

「好不容易養大的孩子，怎麼就不聽話了呢？」他心痛的撫著胸口，「如果是之前那個女孩，會不會乖一點？」

「更不會聽話吧！之前那個是我們撿到的，不是從小養大的，遲早得放她走。」女人輕輕安撫著男人，「瞧，讓她去上學後不是正常很多了！」

男人皺眉。

德古拉趕緊把馬丁尼調好，遞給了老大，古裝女人主動接過，拉著男人朝後頭走去，不忘朝營運經理使眼色。

「我們會待在這裡，等等弄些他愛吃的東西上三樓。」她輕聲交代著，「辛苦各位了！」

「是！」員工們紛紛回應，謹慎的目送老闆們進到後場，上了樓——營運經理這才匆匆奔出，看著手上的錶。

「一分鐘！接待員與引領員！」她纖手一指，接待員即刻衝往門口。

門口兩位接待員，是正太花美男系的吸血鬼，身著標準西裝燕尾服，客人入場後，引領客人到座位的有六名青面鬼，服裝一致但領結不同。

「Bartender，德古拉！」櫃檯內性感的吸血鬼男人驕傲的挑眉表示回應。

「所有服務人員，總管雪姬？」

白臉女人正在舞動著已然痊癒的手指頭，還瞪著德古拉呢，「所有小鬼精怪服務生都準備好了。」

營運經理深吸了一口氣，眨眼間滑到了五公尺遠的門後，兩個壯碩的保鑣正在後門待命。

「兩位，麻煩嚴格審核了。」兩位男士保鑣身高都超過兩百公分，體型龐大，孔武有力，一臉凶狠，可以嚇阻意圖搗亂的人。

最重要的，是他們的審核識別能力。

「倒數一分鐘。」營運經理回首，看著在整座夜店大廳正中央，那自挑高天花板垂掛而下的古老大鐘。

齒輪的聲音清晰，滴答、滴答，德古拉還能看見裡頭齒輪的移動，一格、一格、再一格……

「拉彌亞！」樓上突然又傳來蹦蹦跳跳的聲音，「妳有沒有看見我的行動電源？」

女孩探出頭來，又一秒愣住……糟糕，要開店了！

營運經理登時錯愕，她沒看見她的行動電源啊！吧台邊的德古拉倒是立刻朝女孩拋出了媚眼，「我等等讓地精送過去。」

「謝謝！」女孩雙手合十，感激涕零的道謝，轉身往後門跑了。

所有員工莫不用愛憐的眼神看著女孩，唉呀，這麼可愛的女孩子，要打工為什麼不想在自家的夜店打工呢？

喀咚！分針指向12，營運經理伸手一劃，彪形大漢拉開了「百鬼夜行」的鑄銅大門。

門一開，外頭的歡呼聲四起，拉彌亞眨眼又滑回後台，關掉了所有明亮的燈，打開了以黑紅金為主調的詭異燈光，這才是「百鬼夜行」的主調；客人興奮的拿手機朝門口的機器掃瞄自己購買的入場券，響聲通過便可走進了血盆大口的大門，誰想硬闖，就會被門口的保鑣攔下。

通過血盆大口後，就是鮮肉版的接待員了。

「歡迎進入百鬼夜行，親愛的美女，妳的血聞起來好香啊！」接待員即刻迎上前，執起美女的手背輕吻，同時在她們右手扣住了金色的手環，「這是在鬼域裡通行的證明，請千萬不要遺失了喔！」

「謝謝！」女孩們眼睛都成愛心了，「百鬼夜行」連接待員都這麼帥！太可愛了吧！

兩位接待員身後是扇鏤空的大隔板，兩位接待員分站左右，以利將人流分流成兩邊，不管左轉或右轉進去，都會遇到青面獠牙的青面鬼們！

「哇！」客人們嚇了一跳，但旋即咯咯笑了起來，「哇靠，也太像了吧！」

「請跟我來，我要帶您去專屬鍋子好好煮熟妳！」青面鬼們會用粗嘎的聲音說著，踏著重重的步伐，有模有樣的帶客人入場內。

在金屬鏤空的隔板後，就是六十坪大、挑高五公尺的「百鬼夜行」夜店，燈光昏暗，黑色爲主調的佈景，佐以紅、金色的燈光，牆上有許多駭人的鬼怪、魔物塑像或圖畫，在上方的牆面上，還會有各式精怪的投影圖案。

大廳舞池自是廣大，座位區都在外圍，一張圓形立桌便能坐上三、四人，而圍繞著整個大廳的最外圍，便是有基本低消的包廂區。

每個包廂都有三坪大小，可打通可隔絕，門口均向著舞池，以黑色細絲爲簾，在風吹或是人走過的輕拂中，可從間隙瞧見外頭的情況，如果想要更隱蔽，內層還有一層厚重的簾子，保證隔光。

但要想拉上這層簾子，必須通知夜店的營運經理，由她親自爲您拉上，經理還會提醒隔光不隔音，請大家自重。

「百鬼夜行」明文規定：禁止毒品與色情交易，一旦被發現，當即報警，後果自負。

傳聞，有人在包廂裡以咖啡包毒品交易，自認神不知鬼不覺，但夜店經理卻即刻發現並報了警；而被抓獲的毒販們輕易交保出來後便到處發話，要讓「百鬼夜行」好看……但是事隔多日，不僅沒有出手，甚至連那群放話的毒販也沒再出現過了。

這樣的事情連著發生數次，最終都是毒販銷聲匿跡，許多人覺得「百鬼夜行」後頭勢力驚人，也漸漸讓有心人士不敢在裡頭造次；夜店一條街，要做手腳哪間夜店不行對吧？何必執著於「百鬼夜行」呢？

天曉得裡頭有什麼邪門的，讓犯罪人士只要犯了事就會消失？

「爲您上酒喔！」穿著雪白衣服的女人素白一張臉，將第一輪酒送進包廂裡，「小姐的白雪與先生的深水炸彈。」

雪姬瞄了一眼，輕易將包廂裡的人熟記下來。

「雪女裝得好像喔！」女人讚許不已，「你們快看！注意看喔！」

包廂裡的人引頸企盼，「百鬼夜行」裡的服務人員各種唯妙唯肖的裝扮是小事，重點是他們舉止與說話方式，都會與扮演的角色一模一樣呢！

只見雪女先將深水炸彈放下，緊接著手裡拿著女人點的「白雪」調酒，握在手上微微晃動，每個人一雙眼睛緊盯她的手及杯子看，深怕錯過關鍵——嘰！杯中物在雪女手上迅速成冰，杯壁甚至罩上一層冰霧，雪女輕易的將杯子遞到女子眼前。

「哇……」她瞠目結舌，伸手摸了摸杯子，「眞的冰凍了！」

「那是什麼化學原理嗎？利用冰晶分子？」男友趕緊問著，「就像讓冷水瞬間結冰一樣？」

只見雪女輕笑，退後著朝大家行禮，撥開黑簾走了出去。

什麼物理原理？她隨便一吹氣，就可以把這群傢伙變成冰棒棍好嗎！隔壁包廂走出身上多處纏著血繃帶的女人，她是新進的服務人員之一，雪姬的下屬。

「還好吧？」雪姬關心的問著。

「她們想扯我的繃帶。」女人不安的回應。

「等等我讓人陪妳送餐。」雪姬拍拍她，「沒事的，客人就是好奇，我們本來就是店裡的特色啊！」

遠遠的一個視線襲來，雪姬朝對角看去，營運經理正在催促，快點，客人大量湧進、菜單同時送出，需要每個人快快快！

「我們人手這麼不足，棠棠爲什麼不留下來幫忙啊？」雪姬忍不住抱怨了，「我們會照顧她啊！」

「唉，孩子有孩子的打算！我們想什麼沒有用！」拉彌亞嘆口氣，「要尊重孩子的想法！」

雪姬翻了個白眼，「人類，眞的很麻煩。」

女孩騎著腳踏車在街上馳騁，附近所有夜店都認識她，紛紛笑著打招呼，女孩也一一回以微笑；她一路騎出這熱鬧的寧靜街，朝著她打工的便利商店前去，刻意接下大夜班的工作，她就是不想在自家的夜店裡打工！

吵、死、了！

騎到一個路口時，乖乖的在腳踏車道等待綠燈，眼前是六線道大馬路的十字路口，紅燈燈號超過九十秒，她自個兒哼著歌等待，卻看見另一向走上斑馬線的人影，幾乎被黑霧包裹著！

「咦？」她雙眼一亮，是之前來過店裡的客人！

她當然記得啊，幾天前大夜才見過……他到便利商店來買東西時，她幾乎看不清楚他的模樣，只看到一團黑霧在行動！嚇得她不輕。

焦急的看著秒數，離上班還有點時間，她說不定可以去找他打個招呼……啊？為什麼？女孩轉念一想，就只是兩面之緣的客人，純粹只是好奇，想知道他身上為何有重重黑霧，卻活得好好的？

這跟叔叔教的不一樣啊……女孩閉眼甩甩頭，那個客人說話態度很差，奧客有什麼好認識的！

對！她這麼說服著自己，一邊點點頭加強信心，夜風吹過，捲起了地上葉片往空中飛去……飛沙迷了女孩的眼，她難受得瞇起眼，看著在風中飛轉的葉子，怎麼好像不太尋常？

唔——胸口突地覺得一陣緊，大事不妙！

「好大的恨意……好委屈……」她即刻張望，一定有什麼東西在附近——

啪！一雙手驀地抓住了她的龍頭，一張驚恐扭曲的臉就這麼塞在她的正前方，女孩幾乎嚇掉了雙手！

「呀——」她下意識向後退，腳踏車跟著往旁倒去。

一隻手及時拉住她的腳踏車龍頭，同時另一隻手抵著她的背不使她被腳踏車絆倒，女孩愣愣的看著將她車子扶正的男生，一時之間完全無法反應。

「沒事吧？」他看著女孩，看似關切的話語裡卻沒有誠意。

女孩僵著身子，因爲她才回神，卻有個女人已站在她面前、幾乎貼著她鼻尖……那不是人，是眞切的亡靈。

女人頸子上繫著一繩子，繩子嵌進腐爛的皮肉裡，她瞠大雙眼瞪著女孩，『我要……找……幫我！』

女孩驚恐的看著那個女人，男孩卻拉過她的手，「妳先下來，快綠燈了，把車移上人行道。」

「……噢。」女孩慢半拍的點點頭，趕緊下了車，男孩則輕鬆的扛起她的腳踏車，朝一旁的人行道上擺去。

於此同時，綠燈亮起，前方機車早已蓄勢待發，油門一催紛紛衝了出去，車子不停的撞散了女人的靈魂，但她不以爲意的試圖趴在其他車子上求援。

『誰……可以……幫……』車子撞散魂魄，瞬間又組合，『幫我……』

亡者總是處在人類之中，穿過了某個人的身體時，敏感者會打個哆嗦，大條者毫無感覺，亡者的存在之處亦會扭曲空間，看上去彷彿炎夏中因熱浪而扭曲的市容。

「……嗨。」女孩回神，發現眼前的男孩就是她剛剛想上前打招呼的那位怪客人。

頸上繫著繩的女人持續朝她來時路走去，嘴裡依舊喃喃的喊著要人幫她，那可怕的模樣，是吊死的嗎？

「不要看他們，也不要讓他們知道妳看得見。」男孩架好腳踏車，突然開口，「妳不知道這個嗎？」

「咦？」女孩其實不驚訝，她知道他也感受得到什麼，他們都是「敏感者」。

敏感者的反應不同，她超不喜歡被亡者穿過身體的瞬間，那不是打寒顫這麼簡單，她會反胃噁心想吐。

「平常不會這麼直接的……」

『誰來幫我啊！幫我——』女人突然在馬路中間咆哮，『爲什麼我會遇到這種事！不公平啊！』

啊！女孩驀地摀住胸口，整個人不支得蹲了下去，這是多大的恨意與不甘，連她都要覺得氣忿了！

男孩正回首看著那在中間咆哮的怨靈，這等怒氣，不要扯上關係的好！他正首才想說些什麼，卻發現女孩不見了……

「喂，妳怎麼了？」視線下移，他看著蹲在地上、狀似痛苦的女孩，「肚子痛喔？」

女孩緊閉雙眼雙唇說不出話，女鬼好恨，她也好恨！

『去……百鬼夜行……』森幽的聲音陡然傳來，男孩眞的一顫身子。

他佯裝自然回頭，看見馬路上一個應當是車禍而亡的地縛靈，正拉著女人脖子的繩子，用殘存的手指向了遠方，『百鬼夜行。』

吊死的女人沒有遲疑，她邁開步伐，與車陣對衝著往馬路另一頭奔去，隨著她的遠去，女孩這才緩過來，仰起頭大口大口的深呼吸。

男孩困惑於剛剛的場面，但也沒困擾他太久，他低首看了眼，其實並不在乎她是哪邊不舒服。

「再見。」

語畢，他扭頭就走。

女孩依然蹲在那兒，看著亡靈走向她的來時路……看來，今晚店裡又有客人了。

噹——沉重的鐘聲敲響了第一響，DJ立刻讓音樂停止，全場燈光驟暗，紅色的燈光投射在舞池正中間，由上懸掛而下的大鐘敲響著，整間夜店裡鴉雀無聲。

十一點，子時，「百鬼夜行」的大鐘會敲響十二聲。

據說，最後一聲是給陰界的人聽的，那一聲過後，陰間大門大開，便是「百鬼夜行」之際。

這當然是種宣傳噱頭，但效果十足！現場幾百人沒有人敢拿出手機造成光害，而是抿緊唇靜靜的聽著迴盪在大廳裡的鐘聲；從沒有人看過這種特殊造型的鐘，鐘敲出來的聲音低沉，卻每一聲都彷彿能敲進人的心裡。

噹——噹——噹——

噹——第十二聲。

『子時已到，最後一聲鐘響後，陰界之門即將大開……』ＤＪ湊近麥克風，用陰森的聲音說著固定的台詞，『然後便是——』

「百、鬼、夜、行——」全場的客人異口同聲大喊著，ＤＪ同時放出激烈的音樂，下一秒電音響起，現場旋即陷入了瘋狂之中。

喝茫的男女與HIGH翻的音樂，每個人在失控與自制中遊走，或許也能算是一種百鬼夜行吧。

門口的保鑣看向站在門前的女人，她頸子上的繩子非常有戲，保鑣朝她使了眼色，女人遲疑著，大膽的走了進來。

不需要刷卡、也不需要入場券，外頭排隊人潮未減，喧譁聲依舊，她走過保鑣中間，來到了金屬隔板前。

「噢！」小鮮肉發現了她的存在，揚起微笑，「歡迎光臨。」

他執起了她的左手，女人有一絲的驚愕，轉瞬間左手被套上了一個銀色的手環。

「這是進來鬼域的通行證，千萬不要搞丟了喔！」男孩露出靦腆的笑容，親自引領著她往夜店裡走。

幾乎就在她踏進舞池的瞬間，酒檯邊正與女人談笑的德古拉嘴角略凝，與客人自拍的雪姬頓了住，而拉彌亞直接轉過了身。

「欸，那個化妝化得好眞喔！」在舞池裡跳舞的女孩們討論著。

「吊死鬼嗎？」大家打量著女人，「她的頸子畫得也太噁心！」

「靠，這樣等等十二點的仿妝賽，她不是第一名了嗎？」

女人看著這滿滿的人，突然意識到——這些人看得見她！看得見已經是死人的她！

「歡迎。」拉彌亞站在了女人面前。

『我……求求妳幫幫我……』女人看著拉彌亞，叫囂著，『我好恨——』

「沒問題，這邊請。」拉彌亞轉身，領著女人走向一旁全黑的包廂。

幾個人好奇的摸摸她的繩子，有人甚至想扯動，服務人員見狀連忙阻止，他們應該想看見頭被扯掉的特技。

『他們，都看得見我？』女人有些茫然，『我死後，幾乎都沒人看得見我了……』

『那當然，這裡可是百鬼夜行呢。』

第二章 吊死的亡靈

便利商店的叮咚聲響起，厲心棠正在上架，自然反應的喊了聲「歡迎光臨」，進來的客人有些熱鬧，孩子的聲音在撒嬌，一個想吃冰，另一個想吃零食，男人安撫著說太晚不能吃零食。

她正在零食區上架，果然看見一個走路不甚穩的孩子探頭過來，看見巧克力雙眼都亮了。

「不行，我們是來買牛奶的。」男人跟著進入視線，看來是父親了，「哥哥？」

他緊張回頭，不一會兒抓回了另一個較大的男孩，一手牽一個的到冷藏區去，看準他們的時間，厲心棠趕緊走回櫃檯邊，男人果然就買了兩小瓶牛奶，她熟練的爲其結帳。

男人的衣服有汗酸味兒，兩個孩子身上也髒得很，指甲縫裡藏著汙垢，看起來有些狼狽，再仔細觀察，頭髮也相當油膩，只怕幾天沒洗頭了。

在這體感四十度的天氣？厲心棠覺得這父子三人有點奇怪。

「叔叔，」較大的孩子扯了扯他的手，「我們什麼時候要回家啊？」

叔叔？厲心棠圓了眼，哇塞！她以爲是爸爸耶！

「媽媽。」另一個小朋友也說了。

「媽媽忙，媽媽要工作！這陣子還是跟叔叔在一起喔！」男子對著小朋友說著，再轉過來看向較大的孩子，「暫時還沒辦法回去，先跟叔叔走吧！這是冒險啊，我們要找到城堡對不對？」

「城堡在哪裡呢？」大孩子好奇的問。

「在J市！我們再一下下就快到了！」男人用說故事的語氣，「到時候有好睡的床，還有非常好吃的食物！」

「哇～」

聲音隨著自動門關閉而結束，厲心棠遲疑了幾秒，最終趕緊抓過巧克力與甜點，先行結帳然後衝了出去。

「等等！」她叫住了站在車邊的男人，直接把東西塞進他手裡，「這個給你。」

「咦？」男人未來得及回應，厲心棠轉身就奔回了店裡。

沒多少錢的零食，如果能讓小朋友開心，那也沒什麼嘛！

男人握著手裡的零食，朝著便利商店行禮，接著便把孩子哄進車子後座，自個兒亦擠了進來。

「大姐姐送你們的巧克力，但只能吃一個，其他明天吃。」他關上車門時，不忘鎖上，「接著喝完牛奶我們就睡覺了好嗎？」

男孩們聽話的點點頭，他細心的幫他們打開牛奶瓶，溫柔的看著兩個喝牛奶的孩子。

「我想聽歌！」哥哥嚷著，爬到前座去，發動引擎，選個電台讓孩子聽曲。

『幾天前在林投樹下發現的無名女屍，至今還未發現身分，由於屍體已嚴重腐爛，身上亦無證件，警方正在積極調查；但樹下被殘殺的嬰孩屍體已確定是頸骨折斷，警方不排除林投樹下的無名女屍與嬰孩之間的關係……』

男人趕緊把電台轉掉，但也沒轉到音樂台，他趕緊確定車窗與車門都緊鎖，然後把從廟裡求來的平安符掛好，還有佛像跟觀世音，全都妥善的擺好。

「不要怪我……」他恐懼的連連拜著，「妳就好好走吧！」

「叔叔！音樂！」孩子嚷著，男人用顫抖的手轉到了音樂台。

輕快的流行曲從音樂台中傳出，壓根兒不知道那是什麼歌，其實他想放的是大悲咒，大慈大悲觀世音菩薩，你們就好好的超渡她吧！

厲心棠喜歡看日出，她把腳架架在便利商店外的地上，錄下天空從黑暗變成白天的畫面，縱使這裡瞧不見日出，那也能看到天色的變化，縮時處理後，依然動人。

她答應了人，要把每天的日出錄下來給他看。

打了個呵欠，走回店裡倒了杯咖啡喝，大夜是十一點到七點，日班同事已經來了，他們剛交班完畢，等等她就可以下班回家了。

「百鬼夜行」早晨六點關門，回去時大家應該清掃完畢，她還可以把影片給小德看。

不過，她想起昨晚看見的亡靈，如果那個人找到了店，只怕今天大家沒辦法那麼早睡了吧？「百鬼夜行」歡迎的不只有人，也有鬼，只要不在店裡造次，叔叔他們願意接納所有魍魎魑魅、魔物精怪的。

這是叔叔開設「百鬼夜行」的宗旨，要建立一個能納天下所有族類的地方。

「辛苦了！謝謝喔！」下班時，厲心棠不忘跟下一班的同事道別。

「妳也辛苦了！」男同事小剛靦腆的笑著，大夜的女生長得漂亮不說，人又超有禮貌的！

厲心棠一出店門就趕緊騎著腳踏車飛奔回去，因爲她很想知道昨晚的吊死鬼有沒有到店裡去，她那股忿恨與不甘又是爲了什麼？她從不怕鬼，不管是意外或是自殺，因爲只要不具攻擊性就不可怕，但大家都提醒她要多留份心，就怕惹到不該惹的傢伙，憑她一己之力是無法對抗的。

但是如果在店裡，她就是天不怕地不怕！

車子騎過大馬路、穿過小巷，清晨無人時她會避免騎過於偏僻的巷弄，尤其是寧靜街的外圍，那邊三教九流太多，危險性太高，人類永遠比鬼怪可怕，這個她知之甚詳。

所以她永遠都走寧靜街，寬敞舒適，隨著朝陽的昇起，夜店酒吧均已關閉，清潔隊員正在清掃，接近街尾的厲心棠禁不住慢下車速，盯著「百鬼夜行」大門旁的身影看。

男孩蹲在「百鬼夜行」與右邊店家的牆角轉角處，看起來是睡著了，頭垂得老低，但耳朵上的耳機她可熟了……是昨天晚上幫她的那個男孩！

他在這裡做什麼？

跳下腳踏車，她牽著車往前走，還沒靠近男孩，他便如驚弓之鳥般抬頭，一雙眼睛清明銳利，防備似的盯著她。

這嚇得厲心棠止步，第一次勉強看見男孩前髮下的雙眼，銳利彷彿帶有殺氣，嚇得她不敢輕舉妄動。

「咦？」在看清逼近的人後，男孩瞬間軟了眼神，「妳？又是妳？」

「我才想問吧！你在這裡幹嘛？店關了喔！」厲心棠打量著男孩，「你成年了嗎？主街上的酒吧未成年是不能進去的。」

男孩很明顯的不想回答她這個問題，只是揉揉眼，試圖站起來時，卻發現腳麻，一時站不起來了。

呃……要幫忙嗎？厲心棠遲疑著，這個傢伙冷冰冰的，感覺好像做什麼錯什麼。

男孩半站起身，背靠著牆，看著厲心棠牽著車子，再往左邊瞄向大門緊閉的「百鬼夜行」，他倒也覺得有趣。

「妳下班了？下班跑到這裡？如妳說的，店都關了。」而且這條街還沒早餐店，走出主街才有。

「我回家啊。」厲心棠聳了聳肩，「你看起來沒什麼問題就好，再見。」

龍頭一轉，她轉向了「百鬼夜行」大門旁，出入她自然是從後門，所以準備牽著車往右邊的小道走去。

什麼!?男孩瞬間雙眼一亮，趕快直起身子往前，「妳住這裡？妳住夜店？」

嗯……厲心棠再度停下腳步，遲疑的回頭看著追上來的他，「你要幹嘛？我建議你不要跟著我喔，這是為你好。」

「不是，妳住裡面？所以妳認識這間店的老闆？」男孩帶著狐疑又急切的口吻問著。

厲心棠「啊」了一聲，後退一步，從上到下的打量起男孩。

扣掉過長的前髮外，是個顏值水準之上的男孩，有種酷帥的感覺，精緻的五官，憂鬱又帶點混血兒的味道，如果畫上粗黑眼線，倒也不失為哥德風的美男子。

「我沒聽說店裡最近缺人，你想應徵的話，得上人力銀行去——」厲心棠解釋著正常應聘流程。

「所以昨晚那女鬼說的百鬼夜行，妳知道她是指這間店囉？」男孩懶得繞彎，開門見山，「為什麼地縛靈會告訴吊死鬼，這裡能幫她？」

厲心棠瞬間瞪圓了大眼，一口氣梗著，好一會兒才勉強擠出微笑，這個問題的答案很簡單，但是她卻不知道該怎麼對一個普通人回答！

「我得回家了，我有門禁的，過了時間不進門的話……」餘音未落，他們就聽見了小門裡的鍊子聲！「哇咧！」

厲心棠慌張的看了看手錶，就剩五秒了！她嚇得推開男孩，「你快走！快點，我是為了你好，要是讓他們看見你纏著我不讓我進門的話，你——」

咿歪——黑色的鐵門拉開了。

穿著西裝的瘦弱女人一眼就看見了在門前的男女，男孩當場愣住，那個女人只有一半是人，另一半是……他順著往下看，在另一個褲管下，看見了長長的蛇尾。

「半人蛇!?」他驚訝的吐出這幾個字！

「什麼？」厲心棠詫異的看向他，「這你也看得見？」

拉彌亞冷冷一笑，左邊嘴角吐出了分岔的舌信，在厲心棠反應之前，長長的尾巴剎那間捲住了男孩，直接往「百鬼夜行」裡拖了進去！

「住手啊！彌姐姐！」厲心棠嚇到了，連忙嚷著。

「外面怎麼回事？爲什麼棠棠還沒回來？」裡頭是一堆人的聲音。

「有個變態在外面騷擾她！」

被纏住在半空中晃的男孩瞪圓了雙眼，看著後門那兒急著追進來的女孩——到底誰是變態啦！

「他——不——是——啦——」

蛇尾捲著他在空中上搖下晃的，男孩坐了一趟免費又刺激還加時的雲霄飛車，他看見燈光通明的夜店大廳，一堆鬼魅正疾速收拾擦桌掃地，接著他被帶上樓……總之被扔上地時，疼得他屁股都要摔成兩半。

好不容易才回神的撐著地面想起身，眼前卻突然被一群人團團圍住，由上而下的睨著他。

「你敢騷擾我家棠棠？」一臉死白的女人瞇起眼，一邊說一邊自嘴巴吐出寒氣。

「讓我吸他的骨髓吧！」青面鬼舔了舔嘴，還嚥了口口水。

「血給我吧！他不是客人啊！」接待員正太們露出一臉燦笑。

終於，一隻手撥開了圍觀的人群，像演古裝劇似的，一襲水藍衣的男人鑽了進來，認眞打量起坐在地上的男孩。

「我的天哪……」

男孩昨晚查過「百鬼夜行」這間夜店，知道他們的詭譎風格，夜店裡揉和了中西鬼怪魔物設計，連服務生也都是裝扮得唯妙唯肖——但這哪是裝扮啊？他們根本全數本色演出！

這些人，全都不是人！

「他看得見我們的眞身喔。」男人讚許的笑了起來，「難得的人類喔！」

他的身後跟著鑽進一個古典美的紅唇女人，「哦，是了，有雙不錯的眼睛。」

喝！男孩直覺別開了頭，眼眸低垂，閃開視線。

樓梯上終於傳來鞭炮般的響聲，厲心棠衝上了樓，自古裝男女中間鑽出來。

「別鬧了！他不是變態也沒騷擾我，我們就是在聊天！」她緊張的嚷嚷。

「搭訕？」小鮮肉唉呀了聲，「誰配得上我們棠棠？」

「搭訕的男人都心懷不軌。」雪姬挑了眉，向上的手指直接把空氣中的水凝成了冰，「殺！」

「等等等等——」厲心棠緊張的雙腳一跪，竟背對了男孩，雙手呈大字的張開，迎向了她的親人們，「他只是在問我店裡的事情，他想應徵，我才在跟他解釋……」

看著眼前的祖護身影，男孩失了幾秒心神，這女孩是在保護他嗎？

等一下，應徵是什麼東西？

「我不是要應徵！我是來問爲什麼那個吊死鬼會被引導到這裡？」男孩及時回神，「這裡是能幫助那些亡者嗎？」

「吊死鬼……」所有人的視線，突然紛紛上揚，卻看向了男孩的背後。

呃……厲心棠跟著大家的視線往上，這高度還眞高啊，但是她完全不想回頭耶！坐在地上的男孩更是覺得背脊發涼，緊張的握了握拳，緩緩回過頭去，就見一雙腳在他面前晃呀晃的……

『你是說，這個吊死鬼嗎？』吊在樑上的女人用凸眼瞪著他，滿是忿恨之心。

「哇！」男孩即刻轉了一百八十度，改成面對吊死鬼，就是昨晚那個女人！

「有禮貌點，什麼吊死鬼，這是客人。」拉彌亞嘆口氣，「來者是客，小淘，上手環。」

什麼？在男孩還沒反應過來之際，小鮮肉唰地來到他面前，正要執起他的手，男孩卻警戒似的退開，並且向上瞪向了小鮮肉。

咦？小鮮肉幾秒的錯愕，突然上唇一翻，鼻頭一皺，緊接著露出尖牙——古裝男從容趕至，伸手擋住了小淘的雙眼，「小淘！」

「進來的客人都要戴上識別環，大家才知道你不是小偷啦！」厲心棠直接接過手環，往男孩手上一套，「既然你看得見那些，就知道在這裡不是客人的下場會很慘！」

喀嗟的聲音讓男孩略微鬆懈，看向一回身就說想吃早餐的厲心棠，這女孩未免也太自然了吧？

小鮮肉突然甩甩頭，有些困惑的留意到自己露出了尖齒，緊張的看向眼前的男人，「老大，我……」

「沒事，沒事！工作一晚也累了吧！先去休息吧！」他拍拍小鮮肉的肩，「沒嚇到棠棠的！放心！」

小淘聞言鬆了口氣，遠遠瞥了厲心棠一眼，向老大欠身後，便退出了二樓。拉彌亞請男孩坐，仙氣女人則推了推亡者的腳，請她下來好好談談。

男孩謹慎的打量四周，坐上一位斷頭鬼送來的椅子，這層樓相當的寬敞，四周全是緊閉的包廂，而且包廂門是紮實的門板，他們所在之處就是中央舞池，每個人都是自己拖著椅子來坐的。

「吃過早餐了嗎？想吃點什麼？」仙氣女人朝著男孩溫柔的說，「我們這裡有貪吃鬼，他什麼都會煮。」

吃鬼做的食物？男孩面無表情的搖了搖頭，敬謝不敏。

「難得有機會，不吃你會後悔！」厲心棠拖著椅子一路發出刺耳的聲音，塞了個縫坐下，「大胖，給他來份法式蛋吐司吧！」

事實上男孩根本不知道她在跟誰說話，重點是他沒有要吃早餐的意思啊！但他懶得拒絕，只是打量著厲心棠，想確定她是人是鬼。

吊死鬼被請了下來，坐在高腳桌上，這不知道是什麼通病，上吊死了就算說話，也硬要比一般人高一階；男孩留意到女鬼的左手有個銀色手環，同時還有一個藍色手環，而他卻是右腕，金色。

「又來，妳得到昨晚的最佳化妝比賽獎喔！」厲心棠看著亡者的左手，「我說每晚都是眞的鬼拿，是不是有點不公平啊？」

「全場都同意啊。」拉彌亞聳了聳肩。

最佳……男孩深吸了一口氣，對，「百鬼夜行」每晚都有最佳造型比賽，都是貨眞價實的亡者拿走嗎？是啊，瞧瞧她那被繩子嵌進的糜爛模樣，特效化妝都望塵莫及的眞實啊！

「我想問，這裡能替亡者解決問題是嗎？」男孩突然開口，「以後我是不是只要被纏上，也可以直接請他們過來這裡？」

吊死鬼幽幽看向左方的仙氣女人，淚水流下，這也是她想問的。

「當然不行，我們雖然隨緣但不隨便，百鬼夜行的名號也不需要讓一個陌生人隨便宣傳。」古代男看上去是和藹可親，但眼神裡沒有絲毫笑意，「棠棠？」

女孩即刻領會，認眞的轉面向男孩。

「噢，我叫厲心棠，心中的海棠的心棠。」厲心棠朝著男孩自我介紹，「這是我的……家人們。」

家人？男孩一時以爲他聽錯了什麼！

「我最近走寧采臣風，員工叫我老大，棠棠叫我叔叔，我喜歡叔叔。」叔叔滿足的笑道，「這位是我這輩子的好朋友，你看她這古典仙女的模樣，就知道她是……」

「小倩？」男孩吐出這兩個字時，都覺得艱困。

「我很適合啊，但大家都稱呼我雅姐，我也喜歡這個稱呼。」大姐又說了一個沒有名字的稱謂。

「我是拉彌亞，你看得清我。」營運經理是半人半蛇妖的女孩，他的確看得一清二楚。

「雪姬。」雪女敵視著他，依然坐在斜對面，「我名字太多了，叫我雪姬就好。」

「其他人以後再慢慢認識，你呢？」厲心棠自然的問著，天花板突然墜下一個盤子，叔叔伸手輕鬆接過。

那是一盤色香味俱全的法式吐司佐炒蛋，接著又一紅色杯子落下，大姐穩當接過，一滴都沒濺出來；拉彌亞的蛇尾唰地捲起一張茶几拖到大家跟前，好讓大家擺放早餐。

「胡蘿蔔汁耶，你敢喝吧？」厲心棠眨了眨眼，看起來她不太敢。

男孩非常敷衍的點了點頭，看著擺在他面前那看起來像可以吃的食物。

爲什麼今天這個早上他會在一個全是鬼怪的地方，吃一般……不，奢華的早餐，還被一群怪物包圍……嗯？意識到室內的安靜，他緩緩抬起頭，發現所有人視線都盯著他，帶著點期待。

他是不是不該進來？心裡後悔七百遍後，最後也只能嘆氣，「我叫闕擎，闕如的闕，引擎的擎。」

「……眞難寫。」厲心棠爲他同情了一秒。

「百鬼夜行歡迎所有人來，但不需要大力宣傳，我們名號也不是隨便能讓人說的。」叔叔輕哂，「像這位客人想必是透過我們允許的介紹過來的吧！」

允許？闕擎覺得這個詞很奇怪。

亡者點了點頭，說了地縛靈的事，厲心棠也即刻應和，她與闕擎同時見到的！這讓雅姐瞥了闕擎一眼，原來他們不是今天才認識的啊！

「他到過我店裡買東西，當時身後跟了個阿飄，後來又有遇到。」厲心棠立即解釋，省得大家在那邊亂猜，「然後昨天又剛好遇到。」

「剛～好～啊……」連背後那些小鬼都異口同聲了。

「眞的是剛好！今天這位、這位客人很痛苦，她心有不甘，又有怨恨，昨天感染到我時讓我很難受！還嚇我！」厲心棠微咬了唇，不喜歡那位吊死鬼小姐，「緊要關頭之際是闕擎幫我的。」

感染嗎？闕擎留意到厲心棠用很奇妙的詞，「所以妳能感受到亡者的情緒？」

「……嗯，強烈時。」厲心棠點了點頭，有點無奈。

「但現在妳看來好端端的，昨天可是難受得都鬆開腳踏車了！」昨晚他本以為亡者是要傷害厲心棠才跑過去的。

「她在這裡，我們怎麼可能讓她難受？」叔叔寵溺的笑著，「誰敢讓棠棠受傷，不管生理或心理——」

一屋子的魍魎魑魅，同時露出一抹富含殺氣的笑容。

闕擎深吸了一口氣，這是他進門以來覺得最毛骨悚然的一刻——他們是認眞的、愛著這個人類的女孩啊！

這麼說……他眼尾瞄向了那個吊死鬼，她完全沒聽懂這群傢伙言下之意嗎？這女人昨晚嚇到了厲心棠，死定了吧！

「我要幫忙，我好恨！」吊死鬼果然立刻看向叔叔，「拜託你們幫我，我要殺了他！殺了他——」

「她是客人，有緣，會暫且放過。」拉彌亞凝視著闕擎，早知道他心中所想似的，為他解惑。

哦，客人，他再度瞄向那左手上的銀色手環，這是標記啊。

「殺了誰？」叔叔問著。

「殺了——」吊死鬼瞬間露出駭人的猙獰面貌，厲心棠下意識別過頭，她不怕鬼，但不喜歡那嚇人的模樣。

吊死鬼到這裡頓住了，她回答不出來，那因窒息而死的血絲眸子向上翻著，像是試圖回想什麼似的。

「妳叫什麼名字？」雅姐再問。

「我……我叫……」吊死鬼揪緊著雙手，互掐著顫抖，卻半天說不出話來，「我不記得了！」

不意外，忘記自己死亡的亡者非常多，多半都是在極度驚恐中死亡，類似活人遭遇車禍或重大事故時，那段時間的記憶很常無法留存。

「我感受到的是恨，還有不甘心，非常強烈！」厲心棠已經吃起從三樓穿透下的早餐了，「妳至少記得這個吧？」

「記得！我記得！」吊死鬼激動的喊著，「我是被殺的，我不甘心，我失去了一切，我要找那個人報仇！」

在她怒吼的瞬間，整張臉變得扭曲，被繩子繫緊的頸子也要迸開似的，闞擎有些緊張的想離位，這個死者的怨氣太強了，隨時都可能轉化。

「不怕。」斜對面的叔叔彷彿知道他的擔憂，溫柔的伸出左手，按捺住他。

吊死鬼很快的緩了下來，接著突然變得可憐兮兮，淚水撲簌簌的滴落，一如平時見到的一樣，淚水總是滴落到物品後旋即消失。

「我們這裡不介入他人命運，也不會幫人報仇。」雅姐輕聲的說道。

「什麼？」吊死鬼顯得不爽，「但我一個人沒辦法，這裡不是可以幫助亡者嗎？」

只見雅姐一彈指，拉彌亞即刻上前，手裡不知何時抱了一本硬殼紅絨布協議夾，敞開在吊死鬼面前。

「我們可以協助妳離開人世，超渡方案有這上面的幾種，但是不知您前世做了什麼事情，若非罪大惡極者，我們還是可以多少幫點忙。」拉彌亞專業的解析，「如果妳確定是被殺的冤死型，您可以考慮超渡方案三，只要加點價，我們還可以設法讓您申冤。」

吊死鬼盯著眼前分格有序的「方案」，有點兒懵了，一旁的闞擎才是瞠目結舌，超渡方案是什麼東西？這間夜店開業已久，裡面居然有在做這種「服務」！

所以昨天的地縛靈才會引導吊死鬼來這裡，以為她是迷途亡者……是啦，某方面而言她是迷途，因為連自己是誰都不記得了！

「我不要這種！」果不其然，吊死鬼沒幾秒又暴走，頸間的繩子咻地自動伸直，唰地往上繫住了樑，「我要找到我是誰，我要找到那個殺死我的人——」

拉彌亞面無表情的蓋起協議夾，朝旁邊的老大瞥了一眼，天亮了，大家該睡了好嗎？

「很遺憾，我們不會幫妳做這些事，因為我們不介入人類的命運。」叔叔再次重申，卻突然轉向了厲心棠，「不過，如果是人類幫助人類的話——」

老大！一屋子魍魎鬼魅突然繃緊神經，老大看著棠棠是什麼意思？

這下，連闕擎也都看向了大口吃著饅頭夾蔥蛋的女孩，她還嚼著嚼著，一點兒都沒發現問題所在。

「是啊，透過緩慢的調查，幫妳找出生前之路。」雅姐仰著頭，看著一生氣就想吊死的女人說著，「收費比較便宜，也是在我們能允許的範圍內。」

唰——繩子瞬間解開，吊死鬼摔回了位子上，一秒又變得楚楚可憐了。

「眞……眞的嗎？」她放軟了口吻，「我願意，只要能知道我是誰、是誰殺了我，我都願意。」

「話先說在前頭，找到凶手，要走人類的路子，妳若傷了人——」拉彌亞突然嚴厲接口，「所有超渡方案就不適合妳了，妳就會變成——」

拉彌亞手裡的紅色協議夾瞬間變成黑色，上頭一個一個浮現出燙金的字體：「逃亡方案」。

「但如果地獄先找上我們，我們先接了他們的單，就不會幫妳了喔！」雪姬冷冷一笑，「好自爲之。」

吊死鬼彷彿沒心情聽，她一心一意只想知道自己是誰，爲什麼被殺死！

「棠棠。」叔叔輕柔的呼喚厲心棠，她瞬間打了個寒顫，這才回過神來。

「幹、幹嘛!?」叔叔每次這麼溫和，絕對沒好事。

「就麻煩妳了，幫這位姐姐找到她生前的事，她是誰，以及誰殺了她。」叔叔指向吊死鬼。

咦?厲心棠錯愕的看著正對面的古風男，再看向他身邊的雅姐，雅姐微微點了頭，嘴角噙著笑，身旁的闕擎卻覺得不可思議。

「等等，我是看不出來兩位是什麼，但你們要知道，跟亡者打交道不會有好事，」闕擎突然出聲阻止，「她恨意很強，殺氣又重，萬一一個差錯異變，你們怎麼躲?」

厲心棠有點窩心的看向他，「躲……她不會傷害我吧？」

「正常的鬼不會，不正常的難說。」闕擎鄭重其事，「既然是家人，怎麼會讓妳犯險？而且忘記有時是種福報，妳不是上吊的嗎？為什麼會認為是被殺的？」

「我是！我知道我是被掐死的！我恨那個人——我忘了他是誰，但這份恨是眞的！」吊死鬼哭了出來，「我醒來前滿腦子都是恨意，他騙了我、騙了我！」

「哼，一定是男人。」雪姬別過了頭，幽幽補充。

「我眞的可以嗎？」厲心棠喜出望外的跳了起來，「我沒問題！我可以的——如果妳信任我，我可以立刻去幫妳找！」

什麼……什麼東西？闕擎目瞪口呆，剛剛那女孩的遲疑不是害怕，是興奮嗎？他還在錯愕，拉彌亞再度拿出專業簽約板，厲心棠直接從頸子間抽出項鍊，項鍊上是把五公分的小刀，二話不說劃開手指就往上按捺指紋；而吊死鬼則往自己頸間一抹，也蓋上了指紋。

闕擎眞的覺得自己是在做夢。

怎麼會來到這麼詭異的地方，還看見莫名其妙的簽約方式……好，不關他的事！闕擎這麼告訴自己，他想回去補眠了，這裡的一切都與他無關。

他原本只是想……啊對，他來幹嘛的？

「闕擎，」叔叔突然喊住了準備要離開的他，「對於你剛剛的提議，我們決定同意。」

咦？闕擎回首，有些措手不及。

「但是，你必須累點，跟超商積點一樣，端看你每次做事能累積到的點數而定，我們會決定你可以對亡者提起百鬼夜行的次數。」雅姐捲動著黑色長髮，「比例依照事件難度而定，但你必須相信，我們不騙人。」

後頭正在擦桌子的青面小鬼同時翻個白眼，還有人在叔叔背後對著闕擎做出一個抹脖子的手勢……看來不能信。

「累點，換取提起百鬼夜行的次數？」闕擎覺得有點可笑，「你們真的覺得我會信這種事？」

叔叔笑了起來，那是一種恥笑，非常不加掩飾。

「你可以試試看啊。」厲心棠輕輕戳了戳他，「現在說十次百鬼夜行。」

「……」闕擎張口欲言，他原本想要唸出一連串的「百鬼夜行」，但卻無論如何都說不出口！

他驚恐的看著眼前的眾人，不可思議的站起身，這些人控制了他的話語！

「累點，換取對亡者提起百鬼夜行的次數，就這麼簡單。」雅姐說得稀鬆平常，「你要換現金也行，你就是我們的鐘點工讀生，我可以給你時薪一千元。」

「一千？」厲心棠跳了起來，「雅姐，我打工一小時才一百三十耶，妳——」

「誰叫妳不在自家打工！」雪姬補刀。

「我……」厲心棠雙拳緊握，一千……不行，她就是為了想脫離這個環境啊！她總是要多跟人類相處吧！

「我要怎麼累點？」闕擎輕易出聲，原來只要不提起「百鬼夜行」這四個字，其他話語倒是能輕易說出。

叔叔跟雅姐同時伸出手，先指向他，再同時指向了厲心棠。

「幫她一起查，這位小姐的生前足跡。」

「幫……」闕擎倒抽一口氣，「我就是因為不想管這些鬼的事情，我才——」

蓋著血手印的合約移到了他的面前，拉彌亞指著厲心棠指印的旁邊，同時遞出了一把刀。

「幫一次，可以抵未來麻煩的十次。」拉彌亞那看似柔弱的臉，有著不相襯的精明雙眸，「很划算的喔！」

闕擎深吸一口氣，龐大的壓力自四面八方包圍而來。

他，就不該踏進這間黑店！

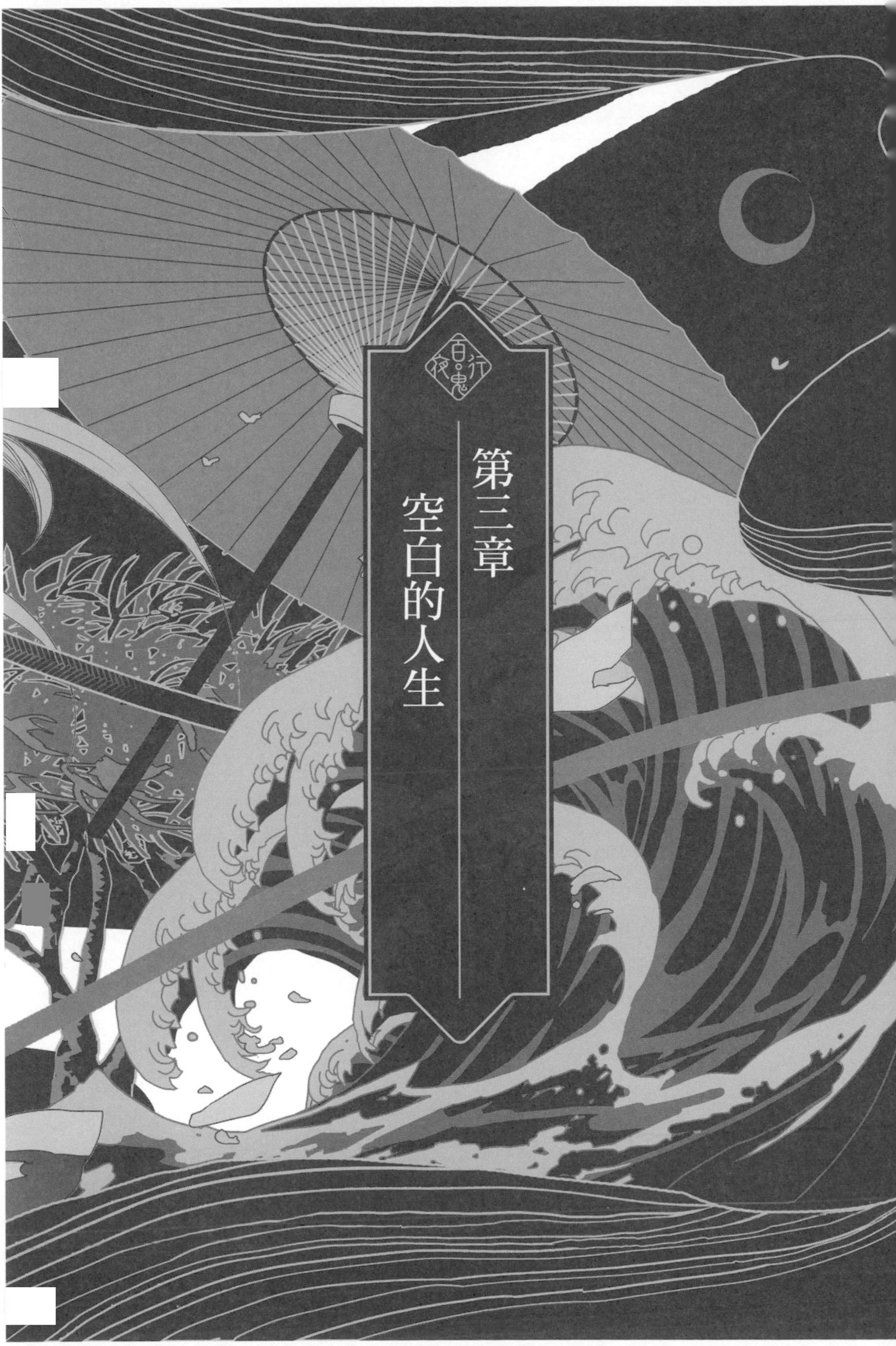

第三章 空白的人生

望著自己貼著ＯＫ繃的大姆指，闕擎突然覺得自己是瘋了！他爲什麼會去簽下那份契約？這麼多年來，不管遇到多少次亡靈，就不看不管就好了啊……當然也不是每次閃避就有用，但至少不必這樣主動的介入別人命運啊！

別人、別隻鬼，不管是什麼他都不喜歡！

這無疑是破壞了他的平靜生活，他只想當個稱職的邊緣人，一直以來他都做得很成功，但爲什麼今天會破了功？還是自己造成的！

下午醒來，望著天花板時還在想，一切可能是場夢；赫赫有名的「百鬼夜行」夜店，太多不是人的東西，有鬼、有精怪，有傳說中的雪女、半人半蛇的拉彌亞，還有青面鬼……各種死狀的鬼，但姆指上的刺痛卻告訴他，上午的一切都是現實。

想著想著，他胃都痛了。

站在約定的路口，他依然戴著黑色的耳機，靜靜的將自己隱藏起來，看著路上熙來攘往的人群，平時這時候的他應該是窩在小房間裡，自在的獨處。

「老師給了我好好吃的巧克力！」眼前經過的孩子正跟母親說著話，奶音聽起來甚是可愛。

「我覺得，我有孩子。」

冷不防的，身邊坐了那吊死的女人，闕擎整個人差點沒跳起來！路人瞥了他一眼，只當他是怪人，莫名其妙動作這麼大做什麼？闕擎驚魂未定的看著吊死模樣的女人，壓下罵髒話的衝動。

誠如他所說，這女人怨氣很重，有變成厲鬼的潛能，他不想去冒險。

「大姐，我想說明一下，妳的死狀不是很好看，這樣突然出現會嚇死人的。」闕擎說話一點兒也不客氣，「我知道妳照不了鏡子，但拜託……先出點聲。」

吊死鬼凝視著那些牽著孩子的女人們，孩子的笑聲彷彿在她耳邊響起，她也這樣牽過孩子，也抱過，孩子會躺在她懷裡喊媽媽……媽媽……也有另一個聲音是哭著的。

爲什麼哭？她不記得了。

「對，我有孩子！而且不只一個！」鬼大姐根本沒在聽他說話，再度站了起來，繩子還差點甩到他，「我有兩個以上的孩子，我已經是媽媽了！」

應該是。

闕擎默默關掉手機的螢幕，他下午三點起床，花了點時間查詢「吊死」的新聞，說實在這種自殺法現在很不流行，被殺案件的話，最近流行的不是槍就是刀，這種方式眞的大幅減少。

但他很快的查到了相關新聞，也明白爲什麼鬼大姐會在這時出現了。

「久等了！」腳踏車煞車音永遠刺耳，厲心棠氣喘吁吁的趕到。

她大夜十一點上班，所以他們約五點見面，這時鬼大姐出沒時他們比較能看得見，雖然闕擎祈禱可以不要再看見她，但不知道是不是那份合約生效，他不但看得到鬼大姐，而且比平時看見的亡靈要更清晰了。

吊死的狀態眞的很糟，死亡的過程中得有多痛苦？

「我們要從哪裡著手？鬼大姐剛說她有小孩。」闕擎不想浪費時間，希望速戰速決。

「應該是有啦！」厲心棠回答得俐落，「我想從姐上吊的地方開始。」

她知道了。闕擎聽話語便知道厲心棠也查到了這兩天的新聞，有具腐屍被發現，這應該就是鬼大姐突然現身的原因了。

「妳知道我有孩子？」鬼大姐也不傻，聽出了端倪，「我是不是有兩個？一定有兩個，都是男孩……他們會叫我媽媽，也會哭……哭著……」

孩子在哭，哭聲淒厲，她曾看著那小巧臉蛋嚎啕大哭。

「目前只知道一個。」厲心棠倒是不掩飾，「上週有具屍體被發現，還吊在林投樹上，警方在屍體腳下的地裡，發現另一具被埋起來的嬰孩。」

啊……她想起來了！她的孩子哭得淒慘是在求救，孩子哭聲淒厲，他們母子是一起被殺的！

「掐……我是被掐死的！孩子也是！」鬼大姐難受的哭了起來，扣住自己的頸子，「我不能呼吸，痛苦的掙扎，但對方力氣好大，我什麼都做不了！」

「男人的手有什麼特徵？」厲心棠突然追問了。

闕擎皺眉，這是在看電視劇嗎？還可以回憶後再放大外加縮小定格是不是？手……鬼大姐很努力的想去思考，但就是想不起來。

「好，跳過！我給妳看些圖片。」厲心棠立刻拿出手機，裡頭存著照片。

闕擎湊過去瞄了眼，果然是發現遺體的地方，不過都是風景照。

在K縣的海邊，有一大片林投樹林，由於水域不甚乾淨，所以很少人去那邊戲水，多半都是情人們去觀海；海岸線很長，也不是每個點都是觀光區，約莫一週前，有情侶走到了偏僻處，卻意外的發現了其中一棵樹下，吊著一個人。

警方到場勘查，屍體仍舊吊在樹上，但是至少已經腐爛半年，難以辨識，且在屍體的下方，又發現了掩埋痕跡，開挖後赫然發現，是一具被包裹著極好的嬰孩屍體。

初步判定，嬰孩不超過六個月大，也已經腐爛許久，應該與林投樹下的女性同時死亡的。

案件進入屍檢狀態，還不能斷定是自殺或是他殺，重點是兩具屍體身上都沒有任何身分標示，警方正在對照失蹤人口，希望先知道死者的眞實身分。

闕擎不單單是由吊死這件事判定鬼大姐就是那個女人，還有她身上的樹葉，正是林投樹的葉子。

死亡半年以上，現在才忿怒的出現說自己是被殺的，怎麼想都覺得是因爲屍首被發現，靈體才醒了過來。

鬼大姐看著那一整片的林投樹林，拼命的想回想，依然是一片空白，殘留的記憶只有恐懼與怨恨，死前的恐懼深深刻在她的靈魂裡，其他都無法回想。

「不急，我們慢慢來。」厲心棠非常有耐心，「等等我們搭公車，您跟著我們一起看看街景，只要想到什麼都跟我們說。」

鬼大姐緊擰眉心，看上去很困惑。

闕擎跟著厲心棠走，這種事他沒經驗也不想有經驗，總之厲心棠隨手攔了一輛公車便上車，兩個人挑了後頭的雙人座第二排坐下，雖沒看見鬼大姐，但他們都知道她會跟上的。

漫無目的的陪一個阿飄大姐坐公車，這種體驗眞是新奇啊。

「妳爲什麼會想做這種事？」闕擎忍不住問了，因爲窗邊的女孩一整個處於亢奮狀態。

「咦？我一直很想做這種事啊，是叔叔不許的！」厲心棠露出開心臉龐，「大概我成年了，突然解禁了。」

「重點是妳爲什麼想做這種事？這根本是我避之唯恐不及的！」闕擎始終蹙緊眉，更添憂鬱氣息，他百思不解。

厲心棠反而對他的問題感到困惑，「因爲想幫他們啊！你也看到了我是被哪些人養大的，只要不傷人的話，我都不怕！我也想試著跟他們接觸、瞭解他們，甚至未來有一天也能超渡他們。」

這些都是叔叔他們在做的！每個人都有能力，整間「百鬼夜行」裡，就她這個人類最沒用了！但未來她也想做一個能幫助亡者前往來生之路的人、或是引導精怪們安穩生活，所以很多事她必須親自體驗。

另外，就是「百鬼夜行」不介入人類命運，這點她某部分難以苟同。

就像這位鬼大姐被發現遺體，已經死亡半年以上，她的靈魂才因此清醒，警方尙在調查她是自殺還是他殺，因爲遺體腐爛嚴重需要點時間；但是鬼大姐確定她是被殺的，即使是這樣的亡靈，叔叔他們依然不會協助她，尋找殺她的凶手。

「百鬼夜行」只負責引路，與各界協調或是幫他們往超渡路上走，但不會告訴他們誰殺了誰，甚至也不會幫任何一個亡靈圓夢。

整間「百鬼夜行」裡囊括了古今中外的鬼怪或是妖物，大家能力都超強，結果什麼都不做？

從以前她就想試著幫助迷途的亡者，但每每被阻止，這次叔叔好不容易應允了，她當然要好好把握機會啊！

闕擎望著厲心棠那張神采奕奕的臉龐，完全無法相信，聽聽她的口吻，多理所當然……的蠢啊！

「妳太天眞了，鬼是人變的，人心最難測，這很可怕。」闕擎稍微張望，「就鬼大姐來說，她身上戾氣很重，我不覺得她多無辜。」

厲心棠微噘起嘴，她不認識也不瞭解鬼大姐，所以才要幫她啊！

「你不相信任何人對吧？」厲心棠挑了挑眉，「早上你一口早餐都沒吃。」

「妳媽沒交代過妳，不能隨便吃陌生人、包括陌生鬼給的食物嗎？」闕擎直接回擊。

「沒有。」厲心棠回得乾脆，「因爲我沒有媽媽。」

呃。闕擎有兩秒的尷尬，但其實他一點都不愧疚，他也沒有啊！奇怪！

「總之……」公車停下，乘客正從後門上車，闕擎突然止住了話語。

有東西混在人群中上來了。

那是個頭顱扁掉的傢伙，渾身是血的上車，四肢都有斷骨穿出，看上去很像是車禍喪生的亡者，口裡喃喃自語，大方的在闕擎面前坐下來

「什麼？」厲心棠自然的追問，怎麼說到一半不說了？

闕擎眼尾瞥她一眼，示意前方的亡靈。

「嗯？」厲心棠完全不懂他在說什麼，「你剛說總之什麼？」

「總之，要小心。」闕擎暗指向前方，這女孩是怎樣？沒看見前面有阿飄嗎？

「我知道，雅姐都交代了。」厲心棠有些不耐煩的看向窗外，「我被一大群人管，天天唸都聽膩了，拜託你不要再唸。」

刹——前方的亡靈倏而回頭，眨眼間竟衝到了厲心棠面前，嘴張大到幾乎可以吞下她頭顱的地步，發出了怒吼聲。

闕擎差點就要叫出來了，可厲心棠卻毫不在意的與那亡者對看，彷彿她前面什麼都沒有……可是他的反應，卻引起了亡者的注意。

『你……看得見我？』亡者幽幽轉過頭來，『你看——』

『這是我的位子！滾開！』

高分貝的尖叫傳來，那亡靈瞬間被推出了公車外！闕擎吃驚的看著在前座的鬼大姐，她還嘖了一聲，悠哉的坐了下來。

「鬼大姐，有看到什麼嗎？」厲心棠朝斜前方低聲問著，不讓其他人覺得他們奇怪。

鬼大姐搖了搖頭，一臉沮喪。

「不急，慢慢來！」厲心棠超有耐心的拍拍椅背。

闕擎看著坐在他前方的鬼大姐，再看向左手邊的厲心棠，這狀況非常不對勁啊……這個鬼大姐的個性也太差了吧，她想要的位子別人就得讓嗎？大家都是亡者，坐哪兒不都一樣？也太霸了吧！

再來是這女人，未免也太臨危不亂了。

公車一站接一站的停，鬼大姐也只是左看看右看看，終於有人坐上了鬼大姐的位子，她並沒有起身，而是厭惡的希望趕走坐在她身上的人。

「憑什麼坐在我身上！很不舒服！」她氣急敗壞的罵著。

但不舒服的絕對不會是她，果然沒多久那個乘客臉色變得難看，因爲鬼大姐朝她的胃裡胡攪，弄得她反胃不適的急欲下車。

女孩按了鈴，匆匆衝下車，公車駛離時，闕擎刻意往車後瞄了眼，那女孩痛苦的在路邊吐了起來。

鬼大姐倒是很滿意，趕走了坐在她身上的人，厲心棠想說些什麼，但是她前方、也就是鬼大姐的旁邊也有坐人，她如果對著空氣說話，對方鐵定會覺得她很奇怪。

闕擎看著眼前的吊死鬼，這女人的個性有點差。

「咦？」鬼大姐突然像是看見什麼似的，朝左邊望向了對街，「那是……我有印象！」

「什……」厲心棠才想問句什麼而已，鬼大姐已經跳了起來。

『停！停車——』

軋——行駛中的公車卻突然驟停，連司機都不明白為什麼車子會突然鎖死！一公車的人全部往前摔去，闕擎即時握住扶把穩住身子，但身邊厲心棠還真的朝前方撞擊！

「呀！」所有人又撞又摔的東倒西歪，連司機也沒能倖免。

「幹什麼啦！」乘客疼得發難。

「抱歉，我也不知道！」司機慌張的解釋著，「車子可能有問題，請大家先下車，不好意思！」

這種狀況，他也不敢再開啊！

回過神時，鬼大姐已經衝下車了，由於前座較低，所以厲心棠往前時是直接撞擊肋骨，痛得她直撫胸下，不過跟其他摔成一團的人來說，她算幸運多了。

「她太扯了。」闕擎只這麼抱怨一句，跟著所有人下了車。

「走啦！她可能想到什麼才太激動了。」厲心棠還在幫鬼大姐說話。

乘客陸續下車，還有人還在跟司機爭執，說受了傷要客訴，這都不在闕擎的在乎範圍，他們下車後，立刻尋找鬼大姐的蹤跡……身爲鬼眞是方便，她完全沒在附近，而眞的在對街。

光紅綠燈他們就要等一分半，等到趕過去時，鬼大姐就站在第一間店門口，瞪大了血紅雙眼。

「停。」闕擎突然止步，在距離鬼大姐五公尺處停了下來。

「怎麼了嗎？」厲心棠覺得莫名其妙，「大姐，妳想起什麼了嗎？」

鬼大姐猛然轉回來，看著他們兩個的神情相當忿怒，雙拳緊緊握著，那已經很可怕的臉開始扭曲。

「有人很討厭我，每次都找我麻煩……我在這裡工作過！」鬼大姐很認眞的回憶著，眼珠子越來越凸，「那個女人一直在找碴，她很討厭我，她會殺了我，是她殺了我對吧？」

闕擎朝上看了立著的招牌，理容院。

「是這間理容院嗎？還是……店名是什麼？」他拉住了想往前走的厲心棠，這女人是沒看見鬼大姐散發出的殺氣嗎？

「一定是她，她對我下過太多陰招了，她恨我搶走她的客人，還威脅要毀我的容！」鬼大姐的臉突然裂了開，「萱萱，張于萱，是她殺了我——」

「冷靜點，現在還不一定吧！」厲心棠嚷著，回頭不解的看著拉住她的闕擎，「哪間店，請讓我們去幫妳查。」

哪間店？鬼大姐陰邪的一笑，「阿夏。」

陰鷙一笑，鬼大姐瞬間失去了蹤影。

「鬼大姐！」厲心棠甩著手，「你幹嘛拉住我？」

「她在邪化！殺氣這麼重，妳瞎了嗎？」闕擎不高興的鬆手，「我很少管他人閒事的，要不是跟著妳才有點數，否則我根本不可能幫妳！」

「什麼殺氣啦？」厲心棠有點慌張，「她想殺人嗎？我是真的看不見，對不起！」

闞擎一股火頂到胸口，瞬間冷了下去，「妳看不見？她剛剛那神情這麼忿怒，氣場瞬間變化……妳未免也太遲鈍！像剛剛在公車上，那個車禍的亡者就有可能會傷害妳——」

「什麼車禍的亡者？」厲心棠倒抽一口氣，臉色刷白。

什麼車禍的亡者？闞擎心中暗叫不好。

「妳剛剛沒看見頭顱壓扁的那個亡者？」闞擎狐疑。

厲心棠怕得皺起眉，搖了搖頭，「不好意思，我、我不是看得見的那種體質。」

一道雷打在了闞擎頭頂。

「妳看得見鬼大姐啊，還有之前妳不是在便利商店看見我身後的女生？」

「之前是因為叔叔有派護法跟著我，但後來我拒絕了，我想像正常人一樣，不要有人一直守護我。」厲心棠尷尬的笑了笑，「我看得見鬼大姐，應該是因為簽約的關係。」

闞擎瞠目結舌，他很久很久都沒有這種無言以對的感覺了。

什麼累點換機會，什麼叫幫助厲心棠一起找出鬼大姐的足跡——他根本是被騙上賊船了好嗎！

「百鬼夜行」裡的人，一定早知道他看得見啊！

燈火明亮的一般街區的巷弄中，有間寫著「阿夏」的理容院，門上還有個「純」字，燈光略爲黑暗，女人笑吟吟的在門口跟客人道別，嬌媚的說著記得下次還要指定她，嬌俏的笑容在一轉身之際，即刻不耐煩的收起。

「累死了！」她伸了伸懶腰，「下班囉！」

「妳剛那個不是熟客嗎？我看他上星期也來耶！」同事娜娜有點羨慕。

「超色的，而且很猛。」萱萱挑了眉，「重點是……」

她用姆指搓了搓手，小費給得很大方呢！

另一個女人走了進來，她才剛擦乾身子，浴巾一鬆便赤裸的開始擦起乳液，同事們打量著她，美美是不是又胖了？

「美美，妳注意一點吧！更胖了耶！」娜娜好意提醒著。

「啊？對啊，看我肚子像六個月厚！」美美倒是不以爲意，「有客人喜歡我這種肉肉款的，沒關係啦！身材好的有妳們就好了啊！」

娜娜看著自己鬆弛的肌膚，她是很瘦，但是也不年輕了！身材再好也拼不過年輕女孩啊……瞄向隔壁空著的櫃子，上頭擱名牌的地方是空著的。

「要說身材好，小蘋第一沒人敢說第二。」娜娜敲了敲隔壁的櫃子，「她不是瘦，是勻稱，胸是胸、腰是腰，那屁股眞翹，之前生意好得不得了。」

磅！萱萱用力的蓋上鐵櫃，嚇得休息室裡的所有人一跳。

「還不是說跑就跑！賤貨！」提起小蘋她就一肚子火，「裝無辜搶客人最會啦，還跟我借錢，結果直接跑路！」

娜娜也扯了嘴角，「我也借了她兩萬，只好算了，她人都跑了我們能怎樣！」

小蘋，算是他們店裡最紅的理容師，五官端正，化完妝相當漂亮，身材火辣又年輕，客人都覺得她是大學生，非常受歡迎；娜娜隔壁的置物櫃曾經是她的，一開始她都跟大家很好，大家都把她當妹妹，分別私下借錢給她……結果，某一天她沒來上班，就再也沒出現了。

「她不是父母生病嗎，」美美尷尬笑笑，「我覺得也是不得已的啦。」

「父母生病？她跟我說她孩子要開刀。」萱萱說起來就有氣，「就是個婊子！」

「好啦好啦！不要再提那個女人！」門口走進老闆娘，她聽見小蘋兩個字就有火，「今晚的薪水。」

當天做工當天領薪，這就是她們愛賺快錢的原由，大家會來做這個都有自己的故事，姐妹相互扶持不在話下，偶爾也會遇到借錢跑路的，大家其實都能體諒……就不要借太多，正面思考，能幫姐妹度過一個關卡就好了。

老闆娘是損失最慘重的，因爲小蘋跟她簽了約，保證不去別家，長期待在這兒讓她可以大撈一筆，預支了十萬薪水後，人就跑了。

所以提起小蘋，老闆娘自然一肚子火。

「她眞的太過分啦，搶客人又騙錢的，結果到現在還沒找到喔？」萱萱試探的說，「要是讓我找到她，我一定要先割花她的臉！」

「不准！眞找到她我就把她賣掉，別忘了她有跟我簽約，那張臉花了我賺什麼！」老闆娘低聲喝斥，「我看那婊子都跑路了，應該日子也不會太好過！」

「哼！」萱萱把錢收妥，抓起內衣褲就要往浴室去沖澡，「大家都找不到，指不定已經死在哪裡了，不得好死！」

「唉唷！」美美尷尬的抖了下，「別這樣，留點口德吧。」

「沒多少錢……」娜娜也覺得別咒她死。

「五萬啊，妳以爲我要接幾個客人才掙得到五萬？而且那女人搶了我多少客人？妳們誰都無法瞭解我對她的怒氣！」萱萱放聲咆哮，「那種女人，眞出事了也死有餘辜！」

吼聲在休息間裡迴盪，大家也不好說什麼，美美匆匆穿了衣服就要離開，娜娜也朝老闆娘尷尬的笑，老闆娘早知道這幾個員工性子，並不在意，更何況她的確沒有放棄尋找那個小蘋！

只是動用了兄弟勢力，卻還是找不到她。

萱萱進入浴室洗澡，看著自己厚重的妝容，也留意到了歲月的痕跡，那個小蘋說自己才二十一歲，她們是不信啦，但客人信就好，看起來也的確青春可愛，就用這資本搶了她多少客人。

虧得一開始她還這麼照顧她，結果居然被反咬了一口，完全雙面人，說好的五萬分月攤還也沒有，最後搞了個人間蒸發。

電話斷訊、地址是假的，當初陪她來應徵那個「哥哥」居然還是工讀生，是被她用錢請來假裝的。

小蘋是某一天開始就沒來上班了，雖說扔下一櫃子東西沒拿走也很奇怪，但是爲了躲債，那些小東西算得上什麼！萱萱對著鏡子看著鎖骨上的項鍊，這就是小蘋櫃子裡的東西，幾乎都是飾品，不是値錢的東西，但戴起來好看就好。

「賤！」她冷哼著開始卸妝洗臉，當初小蘋的櫃子是她親自清理的，把東西都丟掉的感覺就是爽。

外頭美美與娜娜跟老闆娘打完招呼後便離開了，老闆娘稍微整理一下環境，打算剩下的明天再來掃。

叮叮，大門推開的聲音響了，在廚房的老闆娘愣了一下，她剛不是鎖門了嗎？匆匆要走出廚房時，天花板的燈說滅就滅，嚇得她還差點絆到東西，趕忙扶住了門框。

「唉呀！」她厭惡的唸著，怎麼這時候停電咧，「歹勢喔，我們休息了喔！」走出廚房往右手邊大門看去，接待廳空無一人，門口外的路燈倒是明亮，照進昏暗的理容院裡頭，竟有一絲恐怖片的氛圍……最瘆人的是，店門的玻璃門的確是開著的。

「唉唷，阿彌陀佛阿彌陀佛，不要嚇我捏！」老闆娘邊說，一邊走向玻璃門，「我剛剛就鎖上了，是沒關好被吹開嗎？」

仔細檢查了玻璃門上的鎖，喀噠喀噠的沒事啊，這門可不是這麼容易就開的吧？又不是自動門！老闆娘心跳加快，汗毛直豎，這怪異的現象讓她十分不安。

才想要再次關上門，這次順便把鐵捲門降下來時，她又愣住了。

距門口三十公分外的地上，擺了一隻笑吟吟的彌勒佛，老闆娘錯愕的立即往就在左手邊二十公分櫃檯上看，原本擺在櫃上的彌勒佛居然在外面！

不對勁！老闆娘可嚇著了，她再向右上看著在壁上的神龕，曾幾何時，燭火已滅。

「冤有頭債有主，我做生意從來沒害過人喔，不知道大哥大姐是何路人，你要紙錢祭品小的一定燒給你。」老闆娘雙手合十，喃喃唸著，小心翼翼的走出門外，「請不要找我麻煩喔，我開一間店也是賺辛苦錢——」

才彎身要拾起地上的彌勒佛，誰知後方的玻璃門竟直接關上，還推著她的屁股往前，害得她踉踉蹌蹌，險些跌倒！

磅！老闆娘好不容易穩住身子回了身，看見自己緊閉的店門，她嚇得趕緊要開門進入，卻發現門居然上鎖了！

「夭壽喔！」她慌張的使勁拍著門，動手按下電鈴，「裡面有誰在啊？這不對勁啊……」

有誰在？老闆心頭一凜，裡面就只剩萱萱了啊！

剛洗好臉的萱萱一抬起頭，就發現燈光俱滅的浴室，幸而屋外的路燈甚為明亮，照進浴室裡還能有一定的能見度。

「搞什麼啊？跳電喔？」她碎唸著，仰頭看著氣窗，幸好外面夠亮，洗個戰鬥澡應該還行。

正首看向鏡子裡的自己，這種暗處打光讓她看起來有點可怕，應該去拿手機進來，當手電筒照明也好！轉身要拉開浴室門時，浴室裡的花灑突然開了。

「咦？」萱萱轉過頭，看著面前的蓮蓬頭嘩啦啦的灑出水，一整個莫名其妙。她人在這裡，又沒有開水龍頭，怎麼會突然冒出水來？不會電壓有問題，現在連水壓都出狀況了吧？

「陳姐！」她扯開嗓門喊著，轉身要先去關掉水龍頭。

只是再次經過鏡子前時，她頓了住。

蓮蓬頭灑下的是熱水，但剛剛才出水，還不至於熱氣氤氳，所以鏡子裡只罩上一層薄霧，透著屋外的燈光，她還是能看得出鏡子裡……有兩個人。

那個站在她背後、頸子上還繫著一條繩子的女人。

「哇呀——」

萱萱嚇得失聲尖叫，轉身就要拉開浴室門，但長髮被使勁一扯，直接向後拋向了浴缸！

第四章 報復欺凌

萱萱整個人被甩進了浴缸裡，距離加上重力，全身狠撞而劇疼，才在哀鳴，迎面下來的就是過熱水灑下，燙得她哀哀叫！

「啊……啊啊……」她慌張的伸手關上水龍頭，狼狽的抬起頭，看著在黑暗浴室裡的身影，完全的懵了。

誰？她看著那透光才見得到的臉龐，那是張發黑腫脹的臉龐，眼睛呈現驚恐的瞠目，頸子上繫了根繩，在光照耀的地方，她都可以看見繩子是嵌進肉皮裡的，而且腐爛一片。

那不是人吧？繩子都卡進去了，而且那張臉……

「賤……賤貨！」鬼大姐瞪著萱萱，滿腔的怒火中燒，「我記得妳，妳欺負我，妳傷害我……」

萱萱倒抽一口氣，這個聲音……不會吧？「小蘋？」

「妳一直都瞧不起我！是不是妳殺了我——」鬼大姐下一秒倏地來到她的面前，再度一把扯起萱萱長髮，又騰空往兩公尺的門邊摔去！

「哇呀——」伴隨著撞擊，萱萱撞上了浴室門再落下，馬桶就在門邊，所以她摔下時還先撞到了馬桶，現下全身已疼到完全使不上力！

那是小蘋沒錯……萱萱痛苦的趴在地上，看著那雙赤裸且滿是沙土的腳，地上卻沒有任何影子。

她死了？小蘋已經死了？頸子上的繩子再再說明了一切，她剛說是誰殺了她？

「我沒有……妳失蹤了啊！」萱萱趕忙抬首，「妳跑到哪裡去了？大家都、都在找妳！」

撫著撞斷的肋骨坐起身，劇痛讓萱萱哭出來，驚恐的看著站在眼前的鬼大姐。

「跟我搶客人、破壞我的東西……」鬼大姐血眼越來越紅，看著萱萱慌亂的轉開浴室的門把時，她卻瞧見了她無名指上的戒指，「妳還偷我的東西！那是我的項鍊！我的──」

萱萱還是沒能打開門，鬼大姐衝向她，一口咬下了她的無名指！

「啊呀呀呀！」

鬼大姐氣忿的吐掉指頭，看著躺在掌心的戒指，這是便宜貨，但印象中是雙小小的手送給她的。

她有孩子，這是孩子送給她的！

「啊啊……妳失蹤了，我們不知道妳死了……櫃子必須清掉。」萱萱恐慌至極，「妳欠我五萬元，我才拿了戒指……」

「我欠妳？我什麼時候欠妳了，我讓了多少客人給妳，我讓妳多賺的都不只五萬！」鬼大姐握緊戒指，忿恨的瞪著她，「說我婊子，說我下賤……還要毀我容？」

「沒有……沒有，我只是嘴砲而已！」萱萱一秒認慫，她幾乎是跪地求饒了，「我不知道出了什麼事，但妳告訴我，我、幫妳做法事，我超渡妳，我——哇呀——哇——」

萱萱一把被鬼大姐掐著頸子離了地。

「對不起……對不起——」她一路再被拖回了浴缸裡，蓮蓬頭灑下了水，「我……啊啊……好燙！好燙——救命，救命！」

啊——坐在共享腳踏車後座的厲心棠瞬間不穩，直接往地上倒去，闕擎及時伸手向後攔擋住了她，並緊急煞車。

既忿忿不平又帶著怨恨，還有著一種虐殺的快感，這種種情緒徹底的包裹著厲心棠，她縮著身子全身發抖，好不容易才指向了左邊的巷子。

「裡……那邊。」她咬著牙說，「她好恨，鬼大姐現在恨透了某個人，但是她又很高興……」

「妳抱好我。」闕擎叫她穩住，轉了龍頭往左方巷子滑進去。要不是腳踏車只剩一台，他才不想這麼麻煩！

這巷子屬下坡路段，闕擎騎得很慢，以防被鬼大姐感染情緒的厲心棠會不小心摔下去；下坡到平緩地沒幾秒，就看到右手邊某間店前聚滿了人，有彪形大漢正準備拿鐵棒朝玻璃門上砸。

到了。車子停在了對面，那被人包圍的店面就是阿夏理容店，中間兩個大字「阿夏」，闕擎心裡一陣涼。

「可以厚，陳姐？」大漢粗嘎的問著，「我要砸了唷！」

「快點啦，我怕出代誌！」老闆娘焦急的說著，「你盡量砸沒關係！」

架好車，闕擎看著臉色難看的厲心棠，她一個寒顫接著一個，用驚恐的眼神看著他。

咚——大漢使勁將鐵棒敲向玻璃門四角，反彈力迫使他震得連連向後，但玻璃門無動於衷。

旁邊有人拿磚塊想幫忙，卻差點被彈回來的磚塊砸中，玻璃依舊毫髮無傷。

厲心棠緊皺起眉，雙拳掐了緊，「狂喜，她好高興，她……」她一個強大的哆嗦，難受得往闕擎身上倒。

「喂！」闕擎扶住她，感受到她全身劇烈的發抖，「……她變了嗎？」

抖成這樣，這女孩在害怕……她能感受到亡靈的情緒，能讓她這麼害怕的理由不多。

鬼大姐變異了。

「陳姐，妳這找誰做的，打不破咧！我都敲四個角了！」大漢百思不解，「找鎖匠來好了！」

「我這就普通門啊，不然你敲旁邊的……」老闆娘指向一旁的非門的落地窗，但才在說著，身邊的門卻喀噠一聲，開了。

嘈雜的現場瞬間安靜，每個人都看著那扇自動打開的大門，雖然不是大開，但光開鎖加敞開這十公分，就足以叫人發毛了。

街坊鄰居不約而同，同步向後退了一大步，幾個人還唰的一聲，雞皮疙瘩都竄了起來。

老闆娘自己傻在門口，不知所措。

「先不要進去！拜託！」厲心棠突然離開闕擎的攙扶，咻地就衝上前，「千萬不要進去！」

從人群裡衝出來的女孩，更是讓大家錯愕非常。

「妳是……」老闆娘丈二金剛摸不著頭腦。

「我是——」厲心棠想解釋，但一時卻不知道怎麼說比較好，「我就……」

「大家有護身符或佛珠什麼的，你信什麼拜託就回去戴什麼，可以的話最好立刻去找人驅邪收驚！」闞擎大方的邊說邊走過來，「老闆娘嗎？我們就先進去一分鐘，保證立刻出來。」

幾乎不必解釋，光叫大家戴佛珠及護身符，就嚇得街坊一身冷汗，二話不說紛紛衝回各家的店裡，嘴裡不停的喊阿彌陀佛。

「哎唷，眞的有壞咪仔？」老闆娘憂心忡忡，「萱萱還在裡面啊！」

……厲心棠心涼了半截，「張于萱？」

老闆娘當即一怔，「對……對！妳怎麼知道……」

「在這裡別動，千萬別進去，拜託！」厲心棠誠意的說著，「讓我進去好嗎？」

老闆娘很遲疑，但她的預感沒錯，她就是覺得有什麼東西進店了，才把她趕出來；她現在也不敢報警，而這兩個年輕人卻好像什麼都知道似的，完全應和了她的猜疑。

她點點頭，厲心棠即刻拿出毛巾包住手，避免留下指紋的推開玻璃門。

闕擎朝老闆娘頷首，謹慎的跟了進去，幾乎在一踏進店裡時，他們就聽見了抓狂般的碎唸聲。

「去死……都想殺了我，每個人都在欺負我！大家都喜歡逼我，我做什麼都不對，我只是想要活下去而已！」

循著聲音，厲心棠提心吊膽的進了休息室，看見了在置物櫃前的背影，鬼大姐在某個櫃子前翻箱倒櫃，動作急躁且瘋狂。

「……鬼大姐？」厲心棠戰戰兢兢的呼喚著。

「他們把我東西拿走了！我在這裡的每一天都是折磨，每個人都瞧不起我、都想騙我！」鬼大姐忿怒的哭著，倏地轉過身，「那個女人一直喊我賤貨，她想殺了我、她一直都想殺掉我！」

喝！厲心棠見轉過來的鬼大姐，瞬間嚇得後退，身後的闕擎穩穩的接住她……說好的很想幫亡靈咧？腰挺直啊！退什麼！

只不過……闕擎看著那個站在置物櫃前的鬼大姐，她只不過身體比剛剛大了一點，五官不再如之前的平靜，臉部的青筋迸裂，眼神變得更加殘虐，那雙手原本帶血的紅色指甲，現在變得更尖銳了些。

殺氣顯而易見，面容猙獰駭人，她已經是惡鬼了。

「張于萱呢？妳在這裡工作過嗎？來這裡找人？」闕擎平靜的問著。

「她想殺我，她跟那個人聯合起來殺了我，我知道的！」鬼大姐氣到雙拳緊握，自己的尖甲刺進掌肉裡，下一秒綻開了殘虐的笑容，「但沒關係，我解決了……我解決她了！但是她一直不說那個男的是誰……她們都騙我，騙我——」越說越激動，鬼大姐接著發出痛苦的尖叫，伴隨著嘶吼聲，刹地衝出窗外，消失無蹤。

她解決什麼了？厲心棠心裡的警鐘敲響著，身後的闕擎不客氣的把她推上前。

「幫助人家找足跡啊妳！」風涼話說得挺順的嘛！

厲心棠回頭瞪他，「鬼大姐走了，燈怎麼還不亮啦？」

抱怨歸抱怨，但厲心棠還是鼓起勇氣上前，從小跟一堆鬼怪魔物長大，她現在在怕什麼啦？

可能是因爲……她接觸最少的是人吧？

浴室門輕易的被轉開，衝出來的卻是一股滾燙的白煙，浴室裡溫度超高，她光呼吸就覺得快被熱煙嗆到了！

日光燈終於一盞盞的亮起，厲心棠遲疑的站在門口，裡面什麼都看不見啊……她試圖再踏進一步。

「張于萱？」

闕擎拉住了她的手肘，直接往後帶，順手還把門再給關上。

「用點腦子好嗎！水蒸氣溫度都高成這樣了，妳喊誰誰會回妳？」闕擎推著她往外頭走，「忿怒到狂喜，鬼大姐都變惡鬼了，想想張于萱現在還能回妳嗎？」

厲心棠悲傷的皺起眉，知道闕擎說得沒錯，她只是想抱一絲希望。

說好了要幫鬼大姐找到足跡，說好了不殺生、不報仇……爲什麼鬼大姐什麼都無法確定，就這樣殺了一個人呢？

由老闆娘報警，厲心棠與闕擎默默的成爲吃瓜群眾，藏身到圍觀的民眾裡去。

由於厲心棠說她一旦感染到亡者情緒後會不舒服，闕擎才勉爲其難的去幫她買杯奶茶舒緩，而且她很麻煩的還要指定芋頭奶茶。

轄區員警封鎖現場，而剛剛才離開的「員工」們也驚慌的奔回來，相互聚在一起安慰著老闆娘，每個人都顯得很震驚，不敢相信會有這種事，老闆娘就在店裡，雖然後門的確沒鎖，但誰會這樣入室行凶呢？

警方來來去去，覆著白布的屍體被推了出來，闕擎不見鬼大姐在附近，但他們的目的是要快點知道鬼大姐是誰，以及誰殺掉她，所以……這個現場對他們而言很重要。

因爲鬼大姐曾在這裡工作過。

一名黝黑的員警跟著出來，禮貌的一一詢問在這裡工作的女人們，接著所有人突然順著老闆娘的視線東張西望，厲心棠趕忙把身邊的闕擎推了出去。

「幹什麼妳……」闕擎措手不及，被推得踉蹌，回頭還在咒罵時，老闆娘興奮的嗓音立即出現。

「就是他！」

什麼？闕擎正首回神，看見老闆娘的手指向他，警察即刻招手叫他過去，厲心棠也非常乖巧的跟了上來。

他睨了她一眼，這傢伙到底想做什麼，要先說啊！

「你們是命案現場發現人嗎？爲什麼會阻止老闆娘進去？」警察冷靜的問話。

「就……覺得有危險！」厲心棠回答得很不踏實。

「老闆娘說，感覺你們知道裡面已經出事？」黑臉警察狐疑的瞅著他們。

厲心棠轉著眼珠子，很想快點想到一個適切的說法，「我們其實是——」

「一進來巷裡就發現大家聚在這裡想要幫忙破門，但門突然開了，本來就非常詭異，我跟她只是想幫忙，也可以說是看熱鬧。」闕擎插話接口，用著一點都沒說服力的理由，「反正我們兩個不會是凶手，保證沒有證據，純粹就是愛看熱鬧跟仗義助人吧。」

警察深吸一口氣，「你們覺得這個理由能成立嗎？」

「不成立也無所謂，反正我們不是殺人者。」闕擎淡然一笑，「現場像是人類做得出來的嗎？」

此話一出，老闆娘跟所有員工莫不緊張得臉色泛白，老闆娘剛剛就一直跟警察說是有那個在做怪，也說這兩個孩子知道，現在這個帥小子又說出這種話，聽起來多可怕啊！

唉，黑警察相當無奈，遞了腳套給他們套上，「套好，什麼都不要碰，跟我進來。」

厲心棠俐落的接過，趕緊套上腳，也催促闕擎動作快點，「我十點半要離開耶，我要上班！」

現在都九點了，事不宜遲啊。

闕擎渾身都覺得不耐煩，但還是跟了進去，那警察還跟其他同事低語，先指指他們，又指了指外面的人。

毫不意外，現場要他們指出走進來的路線，還有第一現場發生了什麼事，這部分闞擎閉口不語，交給厲心棠說明，因爲本來就是她打頭陣，誠實表示沒敢進浴室，只到浴室門口。

警察帶著他們來到門口，此時水蒸氣已散，他們才見到浴室的全貌，鑑識人員正在採樣，只是意外的……她沒有看到很多血。

除了門前有些許血跡外，並無大片血跡，大部分人也在鑑定浴缸裡的狀況，還有……一支像是蓮蓬頭的東西。

「溫度高到蓮蓬頭融化嗎？」闞擎此時終於開口，「張于萱被湯熟了？」

警察詫異的看向他，「你們剛剛沒進去吧？」

「沒有，蒸氣很燙。」厲心棠看向闞擎，「他拉住我，不然我本來想試著走進去看看。」

「走——拜託，我們說過多少次了，命案現場可以發現、但不要進入，尤其跟那、個有關的妳要閃遠一點啊！」黑臉警察帶著點微慍，「妳要出什麼事，叫我怎麼跟老大交代？」

就、知、道！闞擎翻了個白眼，這位警察從一到場後就在搜尋他們，總是不經意的看向厲心棠，他就猜到不是熟人也會是認識的。

「所以，你是什麼？」闕擎打量了警察，「我看不來。」

「我叫阿傑，警察，人類。」阿傑沒好氣的解釋，「但我就……嗯，跟她叔叔關係不錯。」

線人。闕擎自己在心中給了答案。

「說好的不干涉呢？」闕擎直想吐槽。

「阿傑是人類啊，又是警察，公正！」厲心棠說得理所當然，立即轉向阿傑，「所以情況現在怎樣？」

「的確是被燙熟的，現場溫度很高，至少屍體表面都熟了，她臉上跟身上都有傷口，但致死原因還是高溫。」阿傑留意著其他人員，「我的工作不能說太多，但你們去問外面黑捲髮跟胖胖的女生，她們跟死者很熟，還……」

阿傑不經意的拿起手機晃了一眼，照片是一枚戒指。

「在哪裡發現的？」

「死者無名指被弄斷，這枚戒指則好整以暇的被放在鏡子上緣。」阿傑挑了眉，「一般人洗澡的習慣若取下，也是隨手放在一邊，不會認眞放在上面。」

「那是重要物品。」厲心棠再次看了那枚戒指，很普通啊！

「嗨！好！」阿傑清了清喉嚨，剛好有其他警察走入，「留下電話資料，有事情我們會再找你們！」

阿傑帶著他們轉身離開休息室。厲心棠看了眼大開的置物櫃，那個鬼大姐拼命翻攪的地方，裡面什麼都沒有。

一路被送出來，老闆娘一見到他們眼神就閃爍淚光，厲心棠趕緊溫和安慰表示沒什麼事，但依然強烈建議老闆娘去廟裡淨化一下比較好。

街坊沒多久也散了，厲心棠刻意拉著她們在門邊的小防火巷前休息，還去買了冷飲給大家舒緩舒緩。

「那會是什麼？所以萱萱是……被那、個殺的？」美美遲疑的問著。

「我們覺得是啦，他有時看得見那個。」厲心棠即刻指向闕擎，他用不可置信的眼神瞪著她，這種事可以隨便說的嗎？

「原來是這樣！少年仔，你一定是看到有危險才幫我們的，謝謝！謝謝！」老闆娘握著闕擎的手感激涕零，他一臉嫌惡的想抽回來，但更怒的瞪著厲心棠。

「可是這也太奇怪了，爲什麼會有那個要殺萱萱？」娜娜直覺太扯，「應該是人殺的吧？」

「事情很難說，不知道她有沒有惹到什麼……對了，她的指頭被弄斷，一枚戒指被取了下來。」

「戒指？那是小蘋的啊！」美美即刻反應，「她每天都戴著，上班時才會先取下。」

「但是它在命案現場，不是萱萱的？」

「喔，不是啦！小蘋本來是我們的同事，但她半年前失蹤了，櫃子佔位子也不是辦法，我又聯絡不到她，就清櫃了啊！」老闆娘嘆了口氣，「她跟大家借錢又沒還，員工裡算欠萱萱最多，所以我就把櫃子給萱萱處理，有什麼值錢的讓她拿一拿。」

「小蘋？」闕擎只想快點得到關鍵線索，「她有全名嗎？」

「唉，這個喔，是有啦，但……」老闆娘提到這點還是有氣，「你們要這個名字做什麼？」

厲心棠尷尬的笑了笑，看著老闆娘，又看向女人們，畢竟在社會上打滾久了，幾個眼神交會，眾人瞬間瞭然於胸。

娜娜掩嘴，倒抽了一口氣，「小蘋出事了？她……她回來——」

「不會吧，我不要她還錢，我沒關係的！」美美恐慌的搖著頭，「她會來找我嗎？她爲什麼要……」

「如果她要痛下殺手，就不會刻意放過老闆娘了吧！」厲心棠趕緊勸慰，

「只是她有怨氣，覺得妳們都在欺凌她，而且她也在找是誰加害她。」

她說得慢條斯理，一雙眼卻打量著眼前的女人們，她們從恐懼害怕到一秒的錯愕，接著紛紛抬頭看向厲心棠。

「欺凌她？她說的嗎？」娜娜即刻問向闕擎，他別過頭，不想回答，「誰欺負誰啊！」

「冷靜冷靜，死者爲大！」美美倒是溫和許多，連忙勸阻娜娜，「說欺負眞的有點誇張，應該沒人能欺負她吧！的確萱萱跟她不對盤，但一開始大家對她很好，是她……有點雙面。」

「她是綠茶婊耶，的確年輕又漂亮，又超會演戲的！剛來時都裝無辜可愛，我們姐妹誰沒幫她！」另一個叫花花也受不了，「她說肚子餓，我們就多帶食物分她吃、說孩子沒錢喝奶，誰不是買奶粉給她應急，後來還說老公受傷要動手術，跟我借了一萬。」

「兩萬。」「五千。」「一萬。」所有同事紛紛舉手，活像競標似的。

厲心棠愣愣的聽著同事們的說法，好像有點……落差喔？

「扣掉陳姐，借最多的是萱萱，她借了整整五萬，也是因爲最心疼她啊！結果她表面一套，背地一套，都在搶我們客人。」娜娜不爽的趨前，「陳姐，妳說句公道話。」

「唉，人都……人都走了，是不是就別說了？」老闆娘心懷懼怕，她一句都不想批評。

萱萱都死在她店裡了，這還叫不想害她嗎？

「老闆娘當然不會說，因爲店裡主打小蘋，生意就很好，也不會想管她搶客人這件事。」一向溫柔的姐妹幽幽說著，「反正她有錢抽就好了。」

「喂，話不能亂說喔！」老闆娘突然又發難了，「是小蘋說妳們都故意壓著她不讓她接單，上次我親眼看到萱萱跟小風壓著她，不讓她出去啊。」

「那是因爲她先搶小風的客人。」娜娜急忙解釋，「我們只讓小風拿回自己的客人而已，你都沒在管前因後果的。」

「反正她就是個綠茶婊啦！虧大家這麼照顧她，結果什麼手段都使了，最後要走還跟大家借了一堆錢，人就不見了……」話說到一半，花花頓了住，「還是……她是不得已的？因爲她出事了……」

在今晚發生事情之前，大家都以爲小蘋是惡意逃債，沒想到是出事了，而且還變成那、個殺回來了？

「好在她人還算好，沒找我們也沒找陳姐。」美美心有餘悸，「天哪！如果我們今天晚一點離開的話……」

「她這叫放過我？萱萱死在我店裡，我店還能開嗎！」老闆娘也唉聲嘆氣，欲哭無淚啊！

完全不一樣。

厲心棠與闕擎全然感受到鬼大姐的「委屈」，是單方面的說詞，至少在這個「阿夏」理容院的同事們口中，不像是那麼回事。

「我們想知道小蘋的全名。」闕擎再問了一次，「我想快點通知她家人。」

「啊……她就叫小蘋啊。」同事們面面相覷，大家很少講真名的！所以眾人目光，落在了老闆娘身上。

「唉，她真名沒有蘋啦。」老闆娘調出手機相片，大家的證件她都有拍下存檔，「不過我跟妳說，身分證上的地址找去是沒有用的，這上面是假的！」

厲心棠湊前去看，「假的？身分證也能假喔？」

「她們都是直接傳照片給我，字都修過了！」老闆娘拍胸脯保證，「我借了她十萬，我親自去這地址找過人，根本不是她家！」

哇，最大苦主，十萬耶！厲心棠趕緊翻拍地址，闕擎則謹慎的觀察四周，他覺得鬼大姐似乎回來了。

這時阿傑恰與他對上眼，朝他們頷首後便先行離去，接著又有員警來找老闆娘，需要她配合交代死者的詳細資料等等；趁這機會，闕擎迅速的向大家道謝道別，厲心棠還在那邊教大家怎麼驅邪，一轉眼就被拉了走。

「你急什麼？」她被拽回腳踏車邊時才在嚷嚷，卻在瞬間一顫身子。

她回首，感受到視線襲來，是鬼大姐。

剛剛進巷時下坡滑行很輕鬆，現在回去就累了，闕擎牽著車走出巷子時，眼尾餘光瞥到了飄盪的繩子，鬼大姐跟上了。

厲心棠下意識的閃躲到另一邊去，現在的鬼大姐……很可怕！她已經不是幾小時前的鬼大姐了。

闕擎也緊繃著神經，鬼大姐走到了他的左邊，比肩而行，甚至是轉過來盯著他往前走的；那張令人望而生畏的猙獰臉孔，戾氣重到他現在連開口都必須先經過思考了。

「所以妳想起來，張于萱跟誰一起謀殺了妳嗎？」走出路口，他轉進一個廊下停下。

「不必想起來，我知道就是她，她最過分，總是大呼小叫，平常就會對我動手，」鬼大姐說得咬牙切齒，「我之前一直被欺壓著，我知道她討厭我，我也不喜歡她！」

「大姐，妳不能隨便殺人的……」厲心棠輕聲建議，闕擎趕緊向右後瞪向她，可以少兩句嗎？

這惡鬼現在跟他走在一起耶！

「我不管，難道只有她們能欺負我，我不能欺負她們嗎？」鬼大姐果然立刻扭曲了臉咆哮，那瞬間變得更可怕。

其實厲心棠從來沒見過這麼可怕的亡靈，她緊張得絞著雙手，皺著眉，在心裡加強自己的信心……別怕！別怕！

「那妳還想起了什麼？有孩子、曾經在這間理容院工作過，還記得什麼？」闕擎好聲好氣的問。

「我問了她，是誰殺了我……她都沒有說。」鬼大姐冷笑著，「到死都不肯說啊……」

嗯，有沒有可能是她根本不知道？或是她還沒來得及開口就被弄死了？她是被燙熟的耶！闕擎壓下心裡的想法，表面依舊平靜無波。

「我們剛問了妳的名字。」餘音未落，鬼大姐即刻抬起頭，雙眼盈滿期待，「陳云眞。」

陳云眞。

鬼大姐彷彿靜止一般，但從這瞬間起，她有了名字，不再是鬼大姐了。

厲心棠試圖同步去感受著陳云眞的情緒，但不知道是過度恐懼還是鬼變得邪惡了，導致她無法順利感應，什麼都無法體會。

陳云眞很努力的回想，這個名字給了她許多畫面，她想起她曾在某間餐廳外遇到了一位漂亮的女人，女人有種優雅高貴的氣質，笑著與她交談，還跟她身邊的男人握手……啊啊，是，她有孩子，勢必有丈夫啊！

那個女人看向她身邊的人，眼神裡透著詭異的光芒。

「有個女人，看起來很有錢……」陳云眞狀似痛苦的回憶著，「我家住在……一棟很豪華的社區大樓裡！」

陳云眞緊閉著雙眼，一幕幕影像跳躍出來，棕色的大樓，是獨棟但有三十樓高，樓下門衛彷彿五星級飯店大廳般的奢華……電梯都是磁卡設計，無法通往其他樓層，他們一路往上……螢幕上的數字停了下來。

「三十。」陳云眞睜開了眼，「我住在三十樓，頂樓！」

「幾號？住址記得嗎？」厲心棠加緊的問。

「豪華的棕色建築，那是豪宅……」陳云眞錯愕的看著厲心棠，「我很有錢嗎？」

最好有錢人還要到理容院做黑的！而且氣質一點都不像啊！闕擎非常懷疑她的記憶。

「這我不知道，云眞姐，我需要妳再專心一點，我們就快找到妳家了！」厲心棠循循善誘，「建築的特色？外面有什麼記號？」

「有個小提琴……的樣子。」陳云眞突然擰起眉，臉部又開始迸裂，再度逸出殺氣，「我是這樣被殺的對吧？對……爲了錢！我記得，大家都是爲了錢！」

又是恨意！厲心棠縮著身子，看著陳云眞莫名其妙的又發火後，刹地一下消失了。

「她去找她的家了。」闕擎看了看錶，「妳上班前沒辦法找到那個地方，明天再找嗎？」

「明天怎麼行！你沒看她那模樣……她什麼都沒想起來就把一個人殺了！」厲心棠覺得不可思議的發抖，看向闕擎，「亡靈都是……這樣子的嗎？」

闕擎漠然的望著她，開始頭痛胃疼。

「妳什麼都不知道，就這麼興奮的說要幫助亡者？我要妳這麼熱情我還犯得著拚命躲藏嗎？」闕擎滿滿的不耐煩，「就算妳跟那群怪物長大，妳依然是溫室裡的花朵，還敢接這種案子？」

「我……」厲心棠惱羞想反駁，卻找不到理由，「我只是……」

「我不管妳的原因，不關我的事，我也不在乎，我只怨我自己，莫名其妙跑去『百鬼夜行』做什麼！」闕擎氣得下顎明顯收起，「沒事挖坑自己跳，就是我這種蠢蛋！」

厲心棠緊抿著唇，一臉委屈的模樣，那原本就無辜的大眼現在看上去更加我見猶憐了……只是很遺憾，這些都不在闕擎在意的範圍內。

「我要是不出來，不就……更不會瞭解了嗎？」這聲音哽咽，但硬是沒讓自己落下一滴淚，「總是要學習……」

「希望妳有命可以撐到下一個案子，讓妳好好學習。」闕擎重新牽了腳踏車離開廊下，「我去找她口中的豪宅在哪裡，我覺得她記錯了，那不可能是她家！妳呢就去打工，有事傳訊息，我不喜歡講電話。」

「我……」厲心棠才想跟著坐腳踏車往前到捷運站，結果闕擎俐落的跨上腳踏車，就這麼走了。

她呆然的站在廊下，滿腹委屈但不敢說，她知道闕擎一定知道捷運站就在前面，不過一百公尺遠，觸目可及好嗎！他是故意不載她的！他擺明了很不想沾惹這件事，對什麼都漠不關心的傢伙。

唯一能讓他在她旁邊的理由，是累點後可以告訴糾纏的亡者，請他們到「百鬼夜行」來。

厲心棠深呼吸，調整情緒便前往捷運站，告訴自己不要怕，鬼大姐只是需要幫助而已，但是……她就這樣殺掉曾經有過節的人，未免也太殘忍了！活活的被燙熟，那得有多痛？而且她明明說掐死她的是男人啊。

聽見這麼多糾紛，與鬼大姐所言的「被欺負」也有出入，她覺得她被同事欺凌得很慘，覺得那個萱萱刻意針對她，但是她不記得自己搶別人客人、跟借錢不還的事嗎？這是選擇性失憶喔!?

原本以為鬼大姐很可憐，在林投樹下被吊死，又遭到欺騙，她怎麼都想到關於林投樹，曾有個身世淒苦但被騙財騙色的可憐女人的故事。

但現在她就覺得不太對勁了。

先上班再說，她不停的鼓勵自己，剩下的只能交給闕擎了！希望他能找到那個頂樓豪宅，還有小提琴的標誌……拉著電車拉環的厲心棠呆呆的望著窗外，慢速的高空軌車正在轉彎，遠方有一棟棕色的住宅，頂樓還亮著閃亮亮的霓虹燈。

小提琴耶！

第五章 被奪去的人生？

豪華舒適的屋子裡，女人穿上眞絲睡衣，在浴室裡仔細塗抹著薰衣草香的乳液，房間內正播放著蕭邦的夜曲，米黃浪漫的床頭閱讀燈下，一個男人正在專心的看書。

「明天你幾點要出門？」女人婀娜步出，帶著一身薰衣草香，順帶關掉了浴室的燈。

「五點就得起床了，六點到機場。」男人還在看著最後一段落，「連著一週都不在，得辛苦妳了。」

「說什麼話！」女人掀開被子，躺上了床，男人亦同時闔上書。

摘下眼鏡、擱好書本，轉過頭來便是一個親吻。

「孩子都睡了嗎？」男人輕聲問著，吻上她的頸項。

女人嬌媚笑了起來，「你不是得早起？」

「我沒關係……身體好得很！」房內瀰漫著旖旎氛圍，男人旋即吻上了女人。

但房門突然被敲響了！他們兩個趕緊佯裝無事，看著下一秒被推開的房門外，一個小小的身影。

「爸爸……」男孩吃力的踮起腳尖才搆得到門把，「可以陪我睡嗎？」

女人不住竊笑，朝男人看了眼，「叫你呢！」

「唉！」男人趕緊下床，走向門口的可愛孩子，「你怎麼起來了，不是睡了嗎？」

男孩抱著他的恐龍玩偶走了進來，被父親一把抱起。

「我的房間裡有個可怕的阿姨。」

嗯？男人略怔一秒，回眸看向在床上的女人，她不以爲然的笑了笑。

「那就讓爸爸去把她趕走囉！」

嗯！男孩環著男人的頸子，被抱著走向自己的房間，女人笑著搖頭，只怕是又做惡夢了，小孩還小，分不清夢境與現實。她下床重新進入浴室，腳還有點乾，她想再抹一層乳液。

抓了乳液走出來時，卻怔了住。

剛剛在床上的被子，現在竟全部在床尾地上了？她狐疑的蹙眉，將乳液順手擱在床頭邊，緩步走向床尾，被子怎麼會說掉就掉咧……這可不是輕被啊！

外頭的男人抱著孩子要回房間前，家裡的狗卻對著孩子房間呈警備狀態，喉間呼嚕嚕的低鳴，男人有點狐疑，房裡有什麼嗎？

「雪莉，怎麼在這裡？」男人拍拍狗狗的頭，逕自走了進去。

「汪！」狗兒一聲吠，竟夾著尾巴回身跑走，還一路往樓中樓的樓梯奔去，男人一臉莫名其妙。

是爲什麼往上跑了？牠的窩在樓下啊！

男孩的房裡留有一盞小夜燈，光源是足夠的，他們也從不將房門全關上，孩子才不至於恐懼。

重新把孩子抱回床上，好整以暇的蓋好被子。

「看吧，那個可怕的阿姨不見了，你乖乖睡，她就不會來了。」父親溫和的拍了拍他。

「我怕。」男孩拉住父親。

「那爸爸把燈再弄亮一點好不好？」男人又開了盞小燈，「他們都怕亮，我們開著燈就好了。」

男人在孩子額上親吻，轉身就要離開房間，可是小小的孩子皺起眉，抓著被子哀怨的望著父親的背影。

「她還在。」男孩是用哭腔說著的，父親不由得止步。

深呼吸，得好好安撫孩子，男人這麼告訴自己，轉過頭看向左後方那在床上瑟瑟顫抖的孩子。

「好，她在哪裡呢？」

男孩恐懼的雙眼緩緩往下移，小小的手顫抖的指向了床下。

她在床下——剎！電光石火間，一雙手瞬而抓住了男人的腳，把他拖倒在地！

砰！人體撞地的聲音太響亮，才剛拿起被子在忖疑的女人嚇了一跳，慌張的奪門而出。

「怎麼了!?」

男人正面撲向地，雙手雖及時撐住地面，但下一秒就被往床底拖去，他使勁支撐，雙腳拼命踢動，卻根本無法抵抗的被一路拖進了床底下。

「哇啊——」孩子嚇得大哭起來，此時女人衝進了房間裡！

「浩浩！」她瞧見在床底的男人，才要衝過去，床底卻刹地跳出了一個她這輩子都沒想過的身影。

陳云眞爬上了男孩的床，男孩嚇到歇斯底里，不敢動也不敢叫，但卻尿濕了床舖；在床底的男人也只是被拖進來，但小腿像被什麼刺傷的疼痛，他亦驚恐的趕緊爬出。

慌忙站起，看見床的對面是個……面目可怕的……人？女人頸子剩下的範圍不多，因爲頸部彷彿被繩子割開，那張臉誰都知道不像人——問題是爲什麼他們家有這個？

「不哭，別哭喔！媽媽來了！」陳云眞竟上前，逼近了男孩，男孩卻只是連連尖叫！

「不不——不許碰他！」女人氣得尖叫，鼓起勇氣衝過去，「那是我的孩子！」

陳云眞怒極攻心，那腐爛的臉一下子塞到女人面前，再把她往後推去。

「這是我的孩子——」

她找到了！

她在城市中遊盪，很快就找到了記憶裡的房子，一路到了三十樓，她對這裡的一切都是如此熟悉！看見可愛的男孩剛刷完牙，與父親玩耍嬉戲……然後，還有另一個女人出現了！

她的孩子，竟衝著那個女人叫媽媽！

看著他們像一家人的生活，看著她的男人親暱的摟著那個女人，被殺死的記憶再度席捲著她，那難已抵擋的力道，掐得她無法呼吸，她伸手痛苦的掙扎想要推開人，想要活下去——結果她還是成了現在這個樣子。

甚至，多了頸子上這條她無論如何都取不下的繩子！

女人被莫名的力量撞上孩子的衣櫃，再重重滾下，趁這空檔男人抱走了孩子，完全無法置信的看著可怕的亡者……那女人的臉在龜裂，迸開的肌膚底下是腐爛的肉啊！

這是鬼！鬼啊！

「你殺了我，帶著我的孩子跟別的女人在一起!!」陳云眞咬牙切齒，忿恨的瞪著眼前看似幸福的一家三口，「把我的孩子還給我！」

「出事了！」伴隨跑步聲，女孩氣喘吁吁的出現在豪宅大門時，闕擎有幾分閃神。

「妳不是要上大夜？」闕擎皺眉看向手錶，十一點半了啊！

是啊，但是當她衝到工作的便利商店時，卻看見「自己」穿著衣服出來擦玻璃，驚愕的待在原地時，「自己」朝她眨了眼！

是阿天！他一定知道她急著想幫鬼大姐找到人生足跡，所以才替她大夜……雖然，可能會有什麼出人意表的舉動發生，但是阿天應該不會拆她的台對吧！反正大夜人不多嘛！

「有人替我班了！快點……那個鬼大姐殺氣好重，她又生氣了！」厲心棠緊張的往裡衝，「我們要快點上去阻止她，不然又要殺人了！」

按下大門對講機，門開啓後，厲心棠率先衝進大樓的櫃檯，警衛警戒狐疑的看著他們。

「我找三十樓的住戶，他們有危——」厲心棠才緊張的喊到一半，驀地被拉到後頭去，闕擎一步上前。

「我需要到三十樓找人，緊急狀況，麻煩了。」他不急不徐的說著，厲心棠急得跟熱鍋上的螞蟻一樣！

這樣講有什麼用啦，要說出危急狀況，請他們報警之類的，否則他們怎麼會讓他們這些外人任意上去呢？

「好，請跟我來。」

警衛突然轉身離開櫃檯，乾脆俐落的領著他們朝電梯走去。

厲心棠完全傻住，直到進入電梯時，她還搞不清楚狀況……怎麼會這麼容易？警衛還用他的感應卡爲他們按下三十樓才離開耶。

「你住這裡嗎？」厲心棠看著闕擎，原來是好野人。

「妳說呢？」闕擎專注的看著數字，眞希望再跳快一點。

「可是他怎麼——啊！」厲心棠突然感受到陳云眞的殺氣，「她好殘虐啊，爲什麼會這麼恨？」

「妳被活活掐死還被佯裝成上吊自殺恨不恨？」闕擎反問，「當然，前提是她得找對人。」

「她現在一心一意就是要反殺對方，又恨又痛苦，又愛又悲傷……還有憐惜？嗄？」厲心棠一一感受著，不懂得憐惜這是從何而來。

電梯門開啓，這果然是豪宅，單層單戶，他們完全不需要憂心吵到鄰居，只管衝向大門，一個死命拍門，一個瘋狂的按電鈴！

「請開開門！我們是來救你們的！」厲心棠當然負責叫喊，「你們撞鬼了，我們是來幫你們的！」

尖銳的電鈴聲與女人的尖叫聲同時響起，女人不可思議的看著被陳云眞綻開的皮膚，帶著血狼狽的撞到沙發翻倒。

「不要傷害她！」男人抱著孩子像是擋箭牌似的，滑到女人身邊，「這是夢，這一定是幻覺！」

「我都痛死了，這不會是夢！」女人哭喊著，跌在地毯上，看著身後那個猙獰邪惡的女人，帶著殘忍的笑容走近他們，「快帶孩子走！」

「不……不！」男人忙把哭得歇斯底里的孩子塞進女人懷裡，「抱著他，她不傷害孩子的！」

男人接著轉過了身，陳云眞好像變得比之前更加龐大，她打算活活掐死這個男人，也該讓他嘗受她死前的痛！

「我對你這麼好，你卻這樣背叛我！」陳云眞騰空的兩隻手越張越大，使勁到上頭的青筋都爆開，「你劈腿、還讓別的女人堂而皇之住進來，帶走我孩子！」

「我……我根本不認識妳啊！」

磅磅磅！家門外傳來巨大的響聲，「請開門！我們是來救你們的！你們撞鬼了對吧！鬼大姐！不要亂殺生呀！」

厲心棠聲嘶力竭的喊著，屋內所有人都聽見了。

除了陳云眞。

「去開門。」男人突然撂下這麼一句，轉身踩上沙發，翻過沙發後，朝著樓梯上奔去！

陳云眞毫不猶豫，直接大步跨出，從一樓瞬間躍上了樓中樓的二樓，直擊而去！這時候女人趁機緊抱著哭到快沒氣的男孩，筆直衝向大門，慌亂的就要開門……等等，如果外面也是鬼怎麼辦？

外頭的人已經聽見開門閂的聲音，就差臨門一腳，開門啊！厲心棠與闞擎焦急的在外頭等待，但是卻沒有期待中的連續動作。

他們怎麼會撞鬼呢？這輩子沒害過什麼人……不對，世界上爲什麼會有鬼？

女人戰戰兢兢的湊近了貓眼。

此時的闞擎就站在門外，望著貓眼的方向，只有兩秒，木門打開，鐵門開啓，女人神情茫然的開了門。

同時，裡頭傳來男人的哀鳴。

「汪！汪！」還有狗兒的吠叫聲。

「謝謝！」厲心棠不敢遲疑的衝了進去，男人從樓中樓摔回一樓，撫著右肩看起來是摔斷了。

而陳云眞由上躍下，跨坐上他身子，雙手直接就朝他頸子掐去。

「我不認識妳啊！」男人痛苦的喊著。

「等一下！」厲心棠驚恐的滑到她身邊激動大吼，「大姐，妳確定他是殺掉妳的人嗎？」

「啊……」男人氣管瞬間被掐緊，空氣就這麼斷了。

門邊的闕擎把女人推出去，還將門關上，從容的走進這豪華的家裡，看著十點鐘方向，厲心棠在那兒試圖勸阻。

「我是被他殺死的，他騙了我的錢跟感情，還讓小三進來，讓我的孩子叫她媽！」陳云眞怒不可遏，恨之入骨的要掐斷男人的氣管。

「這個人就是凶手嗎？妳確定是他的臉嗎？」厲心棠暗暗從包包裡拿出的物品握在手裡，「告訴我妳丈夫跟孩子的名字！」

闕擎就站在厲心棠身後數公尺，看見她的動作，心想她應該有備案吧？他完全沒有興趣正面跟這個即將成爲厲鬼的女人對幹！

「什麼名字，那不重要！我要殺了他，誰叫他要先殺掉我！」陳云眞的臉變得毫無人性，只是個凶殘的惡魔。

躺在地上的男人已經無法呼吸，他的臉開始漲紅，眼神恐懼的仰望著厲心棠，不……不是……我……

「名字！陳云眞！」厲心棠尖吼著，「妳看清楚他的臉跟手，是掐死你的那一個嗎？」

陳云眞根本聽不進去，她要捏爆男人的頭，再把外面那個賤貨大卸八塊——

厲心棠突然將手裡的東西扔向陳云眞，連闕擎都沒瞧清楚，只看到一個大氣泡般的東西，驀地裹住鬼大姐，直接往天花板飄去，並且徹底阻隔了她與這個現世。

闞擎趁機俯身衝去，抓過男人的肩頭就往後拖，盡可能遠離陳云眞。

「啊……」男人抽著氣，看起來還活著，闞擎手裹著自己T恤的手觸及他的頸部跟脈搏，看起來沒什麼大礙，「咳……咳咳……」

「放我出去！這什麼？」陳云眞還在嘶吼，她忿怒異常的想衝出裹住她的飄浮泡泡卻無能爲力。

厲心棠趕緊推著汽泡球朝就近的窗戶外推出去，遇到窗戶時球還會自動變形變窄，擠壓著裡頭的陳云眞。

「拜託，要確定他是凶手啊……不對，凶手也不能動手!!」厲心棠憂心忡忡的喊著，「云眞姐，妳如果搞錯就是濫殺無辜了！想一下，妳最後看到的臉是他嗎？」

「放我出去！妳這賤婊子！」隔著那薄薄的泡泡壁，陳云眞卻只能衝著厲心棠咆哮，血盆大口裡已經出現利牙，她的五官擠壓，臉部更加腐爛嚴重，蛆蟲鑽進鑽出，靈體是之前的一倍大了。

厲心棠還是把球徹底推出，趕緊關上窗戶再折返回來，這時的男人恢復了氣息，只是咳得嚴重。

「沒事了，我會叫人報警。」闕擎趕忙扳過男人的下巴，「你沒見過別人，家裡沒人進來過，就只是撞了鬼。」

闕擎說畢，回頭看向厲心棠表示該走了！抬首看著從樓上樓欄杆探頭出來的狗，似乎沒有受傷，他露出一個放鬆的微笑。

兩人匆匆的離開大門時，女人還抱著哭得悽慘的孩子呆站在原地。

「報警。」闕擎交代一聲，衝進了電梯。

女人點點頭，僵硬的走回屋裡，筆直走回房間，要拿起她的手機報警。

闕擎靠著電梯門，至此才略微鬆一口氣，卻覺得精疲力盡。

「那女人簡直是神經病！不，她殘忍又霸道，以為世界圍著她轉嗎？她想什麼就是什麼，那個屋子裡所有的照片，都是那對男女的！我就沒看見她一張照片！」闕擎難得激動，「見到人就殺，誰都是她老公？誰都是她小孩？」

縮在角落的厲心棠也腦子一片混亂，只是她現在有個更好奇的事。

「你……會催眠嗎？」

同一轄區，原本以為會是疲於奔命的阿傑，結果卻來了一個看他們十二次的瘦皮猴，十之八九又是「百鬼夜行」的線人。

女人報了警，現場一片狼籍，夫妻雙雙送醫，所以厲心棠跟闞擊早早來到醫院急診室，就等一切安置妥當，他們一家休息時，伺機而動；警方原想定案爲入室搶劫，但是女屋主一直堅稱是撞鬼，形容太精確到很詭異，醒來的幼兒也哭著說是個頸子上有繩子的可怕阿姨，警方只能先暫做筆錄，等明天男屋主清醒後再說。

暫時無法找到當事者問話，厲心棠跟闞擊卻飢腸轆轆，便到醫院隔壁巷口的便利商店去吃宵夜。

「你是一直都看得見嗎？」厲心棠咬著飯糰好奇的問，「還有你是不是會催眠？」

後面那個問題，闞擊始終沒回答她。

面對落地窗，一輛車子歪斜斜的在路上馳騁，一抹影子從分隔島上衝來，看似危險的情況，車子卻也只是穿過了那人影，繼續急駛而去，然後一個轉彎，重重的撞上了便利商店前面的電線桿。

路中的人身體完全變形的爬了過來，而車子的駕駛癱在車內，也沒了呼吸心跳。

全都是不存在的人，重複著死前錯誤的行爲。

「不一定，有強烈情感的人比較容易看得見，或是他急於被人看見。」闕擎喝著冰咖啡，在車內的亡靈抬頭看向這邊時，自然的轉向了厲心棠，「但我一個都不想見，只是一旦被發現，他們就會死纏著我不放。」

「或許他們眞的是需要幫忙。」厲心棠蹙眉，滿滿的同情心。

「聖母，那去找別人啊，我沒興趣也沒有意願。」闕擎說得直接，「你們店爲什麼不乾脆弄個吸引他們過去的方式，省得他們一直來找我。」

呃……厲心棠尷尬笑了笑，早上他也在場，知道「百鬼夜行」不是在「助鬼」完成什麼願望。

「亡者多半可以察覺到誰能看得見他們，磁場頻率問題，就像以前轉收音機，轉到了就聽得見。」厲心棠說得頭頭是道，因爲店裡也有幾個亡者打雜，「要確定是誰，他們也有自己的方式。」

磅！眼前的落地玻璃突然撲上剛剛開車撞死人的司機，他渾身是血，整個人趴在落地窗玻璃上，就在厲心棠與闕擎的正前方。

「我知道。」他自然微笑，就像現在這位這樣。

厲心棠毫不在意，連被嚇到都沒有，看來她眞的看不見。

「我之前去妳店裡買東西時，明明看見妳身上……那個……」闕擎相當遲疑，不知道該不該說。

「那就是護法，叔叔會派一些人輪流保護我，但我不要！」厲心棠有志氣的嘟囔著，「你今天說得很對，我就是溫室裡的花朵，被保護過度的人，所以我不能連出去打個工都要人陪吧？」

「我覺得妳很需要啊！」

闕擎挑了眉，事實上正因爲是溫室的花朵，啥都不懂才容易惹事，什麼都不會不是找死嗎？有護法她不要可以送他嗎？初期保護很正確，應該是逐漸放手，而不是有跟沒有二選一吧？

眼尾想偷瞄希望引人注意的亡者還在不在時，卻看見他垂直被一分爲二，活生生在闕擎眼前被撕開，亡者發出淒厲的慘叫聲，在鮮血後是帶著淚水的陳云貞。

「云貞姐！」厲心棠果然只看得見她，「太好了，她沒有殺氣了。」

闕擎挑高了眉，「妳確定？」

「是啊，那個球是有殺氣時才會包裹住她的，現在她沒了呢！」厲心棠抄起東西就想往外跑，倒是被闕擎一把拉住。

「外面這麼熱，請她進來吧！幹嘛那麼辛苦！」闕擎朝外面招招手，果然下一秒，便利商店的門自動就開了。

叮咚。

「歡迎光臨！」店員自然的喊著，一回頭，卻只有敞開的門。

厲心棠下意識打了個寒顫，從此以後她顧大夜時，如果看見門敞開裡外都沒人時，她就會……嗯……覺得……天哪！

陳云眞站到了他們身邊，一臉的沮喪懊悔，冷靜下來後，她想起了更多的事。

想起痛苦與悔恨，情感被欺騙，她也被騙了錢，男人不僅欺騙她的感情，甚至把存摺也騙走，還意圖帶走她的孩子。

「我們吵了起來，他還打了我。」陳云眞撫上臉頰，「很疼很疼，接著我撞到了桌角，我還聽見孩子哭喊著媽媽！」

但最後，她還是被活活掐死。

「所以是今晚的屋主嗎？」闕擎淡淡的問著。

陳云眞咬著唇，搖了搖頭。

「沒事沒事。」厲心棠還想安慰，闕擎明目張膽的踢了她一腳。

「什麼沒事！我們晚來一步妳又要殺人了！他們本來就是夫妻，已經結婚六年了。」闕擎極力掩飾不爽的口吻，「大姐，妳連妳孩子都不認得嗎？」

「我記不清我孩子的樣貌了……爲什麼我會這樣？」陳云眞可憐的哭著，遺憾的是這時哭起來與嬌弱無關。

而是一個張狂的惡鬼在哭泣，彷彿隨時都會撲殺過來似的可怕。

「但至少我們知道，妳認識他們兩個，所以才會記得那間房子，甚至可能去過他們家。」厲心棠非常正面，她想到的是這條線索，「這樣離發現妳的身分越來越近了。」

陳云眞點了點頭，「我確定我去過，那個家的所有東西我都很清楚，我……非常喜歡那裡。」

她記得那份喜悅，記得進入她家時的欣喜與羨慕。

然後她又突然沉默了，蹙起的眉頭彷彿又有什麼回憶湧現，讓她相當困惑。

「我們晚點會去幫妳問問，我只拜託妳，不要沒有確定就傷人。」厲心棠沉著聲，一字一字的說，「就算眞的找到殺了妳的人，妳也不能動手。」

陳云眞根本沒在聽，而是抬起頭，帶著質疑與微慍喃喃，「我好像……不是他的唯一。你們剛提到夫妻兩個字時，我想起來我結婚了！」

才在說著，她那轉成青紫的手上，突然浮現了一枚戒指。

哇！厲心棠算是大開眼界，原來亡者的模樣，也會隨她的記憶改變嗎？

「所以是妳老公殺掉妳的？」厲心棠暗暗驚訝，這就是情殺了嗎？

這個問題，陳云眞卻在心裡打了問號。

「第一次見面，是在山上一間練歌坊裡……」她眼神放遠，喃喃的說著。

簡單的鐵皮屋，有幾間房間裡面放著點歌機，老闆娘炒得一手好菜，她在那天見著了那個男人。

她記得她很愛那個男人，爲了他付出許多，最後卻被他所殺，所以如此的恨、如此的不甘心，但是，她是被老公殺掉的嗎？

「天哪！不是……殺我的人不是我丈夫！」陳云眞幾乎肯定卻帶著慌亂的語調說著，「我的丈夫已經死了！」

她想起她曾經哭著不知道未來怎麼辦，是那個男人摟著她輕柔的說，他會幫助她，請她不要著急，她才感受到一絲慰藉。

闕擎暗暗理著關係，怎麼突然變得複雜起來？陳云眞已婚、但丈夫已死，所以有另一個男朋友嗎？而這位男友最後殺了她，符合了騙財騙色。

「所以是男友殺了妳對嗎？」厲心棠留意到她的記憶正在大量恢復，「我知道很痛苦，但是妳能再想想看，那個男友的特徵嗎？妳被殺時的場景，或是他殺妳時的任何特徵？」

陳云眞微顫的搖著頭，「我躺在地上，他壓在我身上死命的掐著我的頸子，他的手……手……」

片段畫面閃現，她看見了男人右手虎口上的痣。

「這裡……虎口上有黑痣。」陳云眞指向自己轉青紫的虎口，「他要掐住我時……我看見了，對！」

又一條線索，闕擎牢記在心裡。

「好，大姐妳要不要去休息一下？平靜的好好思索發生的事情，妳想到的越多，我們就越能幫妳找到對方是誰，找到妳的孩子。」闕擎沉穩的勸說，「在這段時間內，不要再動殺機……妳看看，今天那屋子裡的人妳認識，但跟殺妳的人毫無關係不是嗎？說不定是妳朋友呢！妳差一點就要殺掉對方了！」

陳云眞驀地一陣冷笑，笑容帶著點殘虐，「我那時就覺得男人是凶手，女的是小三，那個是我孩子……但我知道我搞錯後，我覺得他們……好像死了也沒差。」

什麼!?厲心棠心頭涼了半截，這是什麼結論？

「那妳想起他們是誰了嗎？也……欺負妳？」晚上被燙熟的張于萱，是與鬼大姐曾有過節的，那今晚的夫妻呢？

「想不起來，認識但不熟，可是我不喜歡他們。」陳云眞斜睨地面，眼神不對焦，「住在那麼豪華的地方，還頂樓！哼！屋子裡都是我這輩子買不起的東西，到底憑什麼……」

羨慕嫉妒恨，最多的是嫉妒與恨的情感湧現，陳云眞什麼都不必說，厲心棠全都清楚感受到！她詫異的眼神道盡一切，眞是個喜怒哀樂形於色的傢伙，闕擎又踢了她的腳一下，迫使她分心，別這樣盯著惡鬼大姐。

對，惡鬼，這副模樣已經不是普通亡靈了。

「無所謂，我們爲的是幫妳找到殺害妳的人跟孩子對吧？妳如果一直不分青紅皀白的把人都殺光，遲早會找不到眞凶。」闕擎難得語帶威脅，但口吻盡可能的柔軟。

可陳云眞瞠大凶狠的雙眼用力點頭，這瞬間殺氣都湧出了。

「冷靜……冷靜，我們會幫忙的……」厲心棠說得非常不自信。

陳云眞卻突然衝到厲心棠面前，迫使她整個背靠上桌緣，「妳、不、許、再用、那、種、東、西、限、制、我、行、動！」

嗚……厲心棠都快哭出來了，這麼近，她只瞧見陳云眞那雙血紅的雙眼，曾幾何時，原本眼球裡只是血絲，現在已盈滿鮮血了。

「好。」她冷靜的回答，心裡其實想的是：我才不管妳！

要是她抓狂的開始濫殺，她跟闕擎豈不是首當其衝？叔叔給的東西當然要好好利用啊，那可是保命的好物啊！

陳云眞這才收回身子，依然用警告的眼神瞪著厲心棠，接著轉身再走出了便利商店。又是一聲叮咚，這店裡的大夜死死的瞪著他們家的自動門，這次他沒有說謝謝光臨。

「這位大姐的個性妳應該能抓到一、二了吧？她不如我們想的溫柔或可憐。」闕擎確定了陳云眞的遠走才開口，「在公車上時，有個亡靈坐在我前座，她二話不說就把人踢出車外；剛剛這裡有個車禍死靈趴在這兒想引起我注意，直接被她撕成兩半往後扔。」

厲心棠聽得驚愕，她不知道下午公車上有別的亡者，更不知道剛剛這片玻璃外還有什麼車禍亡者，她緊張的嚥了口口水，從理容院事件、再加上今晚的豪宅追殺後，她的確隱約察覺到陳云眞的性子。

「我之前還在想，她跟一個林投樹傳聞很像，尤其她又提到她丈夫去世，簡直太雷同了。」厲心棠蹙緊眉心，「但無論如何，她被掐死是眞的，還被僞裝吊死在了林投樹下。」

這一點，與過去曾有的傳聞不符了。

過去年代曾經有個女子，嫁給了跑船的男人，但跑船風險極高，最後因意外喪生大海，只剩她孤苦無依的照顧孩子。這時丈夫的好友出現，擔起照顧她的責任，需要依靠且日久生情的女人，最後愛上好友並嫁給他，誰知道好友為的是前夫的遺產，取得女人的信任後騙走所有錢，以做生意為由遠走高飛，還在異地另結新歡。

而苦苦等候的女人最終察覺被騙，沒錢生活的她只能眼睜睜看著孩子一個個餓死，最後忿怒交加的於林投樹下上吊自殺。

「騙財騙色倒也不是新聞了，這個社會上到處都是，但是她如果被殺就眞的是比較衰的那位。」闕擎語氣裡一絲同情也無，「如果沒有你們，這種找不到凶手的事也很多，而且別忘了我們還有警察。」

厲心棠撇了撇嘴，闕擎眞的很沒同理心。

把宵夜吃完後，他們在半夜摸進了女主人的病房，闕擎毫不客氣的叫醒她，女人才想尖叫，他二話不說摀住她的嘴，與之相互凝視數秒後，她才倒抽一口氣。

「天哪！我想起來了！」女人非常愕然，「我剛剛怎麼忘記你們了！我沒跟警方提起你們！」

「因爲我不想讓您提起，不必感謝我，我只想問……」闕擎望著她的雙眼，「妳認識一個叫陳云眞的女人嗎？」

來了！厲心棠絞著雙手，期待著答案，陳云眞既然去過他們家，就一定是認識的人，很快的就能知道鬼大姐的眞實身分了。

女人愣了住，她瞪大雙眼蹙起眉，卻用一種不可思議的眼神看向闕擎。

「你說誰？陳云眞？」她再問了一次！

找到了！厲心棠喜出望外，這表情神態都代表她知道！

「是，我們在找陳云眞，她也就是……今晚攻擊妳的人！」厲心棠趕緊追問，「如果您知道她的線索，認識的人、或是在哪裡工作——」

「等等，」女人連忙打斷厲心棠，「我就是陳云眞。」

第六章 她的男人

那女人，到底哪句話是眞的？

厲心棠整個人貼著牆，額頭黏在牆上鑽呀鑽的，她不想相信，追了半天，鬼大姐根本不是陳云眞！

那她爲什麼要跟理容院的人謊稱身分？

「那是……好兄弟吧！爲什麼要傷害我們？一直說我搶了她的老公？」正港的陳云眞發顫的手扣著頸子，「她爛得好可怕，長得很像野獸，還有脖子上的繩子……是上吊的嗎？」

闕擎隻手扶額，無力至極。

「好，沒關係，至少她去過你們家，妳一定認識她。」他一抬頭，又說著令人莫名其妙的話語，「仔細回想，妳見過她嗎？」

「怎麼可能……」女人驚恐的搖頭，「那是一張滿是邪惡與忿怒的臉，而且她的臉在腐爛，裂開處還能見骨，我怎麼會認識這樣的人！」

厲心棠聞言回身，又趕緊來到病床邊，「想像一下那張臉完好如初的樣子！」

女人跟闕擎不約而同的望著她，誰有這麼好的想像力啊！

「她眼中的鬼大姐跟我們不一樣。」闕擎決定換個說法，「那我形容給妳聽，身高有一百六十五公分，身材非常好，半長髮及肩，捲髮，五官端正，看上去比實際年齡小，有種清純無辜感……」

嗯？陳云眞突然抬起頭，一個女人的模樣進入她的腦海。

「去過妳家，而且可能還跟一位男性一起見過面。」厲心棠記得鬼大姐形容過與陳云眞見面的情景。

「是嘉年的女友嗎？」陳云眞原本想抓過手機查詢，但旋即放棄，「我沒有他們的照片，但嘉年的確跟我們拍過合照……他們一起到我們家來，只是拿個東西，沒有什麼交情。」

「嘉年是誰？」厲心棠已經拿出手機錄音了，「地址或是……」

「他是我丈夫的下屬，那是在尾牙宴上……對，應該是她，穿著迷你熱褲來參加晚宴，服裝跟表現都非常外放但不合時宜的一個女人。」陳云眞突然想到，「等等，所以她……死了？」

「能拿到嘉年的聯絡方式嗎？」闕擎只在乎這個，拜託速戰速決。

「我不知道，得等我老公醒來……他……」提起丈夫，陳云眞緊握飽拳，「我不認識那個女人，她爲什麼要這樣對我？」

哎呀，闕擎覺得好難解釋，「對不起喔，她記錯人了，一直以爲妳是小三，妳丈夫是她老公……孩子……」

「嗄？這種事也能記錯？她孩子還那麼小，我孩子都已經四歲了！」陳云眞撫著胸口，只覺得不可思議，「我是眞的撞鬼了，還差點被鬼殺了嗎？」

她狀似難以接受一切，厲心棠突然很想讓闕擎使用催眠，讓陳云眞忘掉這一切算了。

「人生就是這麼奇妙，妳永遠不會知道下一秒發生什麼事。」闕擎輕點陳云眞的肩頭，她含著淚光抬首，「好好的睡吧，我們兩個從未出現過，交談的一切也只是場夢。」

陳云眞點點頭，恍若無人的躺了下來，輕柔的拉過被子蓋在身上，果然在三秒內入睡，呼吸都跟著勻稱起來，但、是——

「你都沒問到就讓她睡了？我到現在還不知道嘉年是誰啊！」厲心棠戳戳闕擎的背，「地址、電話？」

闕擎抓起桌面上的兩支手機，輕易放下其中一支，轉身就走出了病房。

厲心棠趕緊看向被放下的手機，手機桌面是孩子的照片，他用這個斷定哪支是媽媽的、哪支是爸爸的嗎？

「喂，我們現在要去哪裡？」厲心棠緊趕著追出去。

看著前方的背影內心不由得羨慕加欽佩，會催眠好厲害喔，只要他願意，幾乎可以暢行無阻耶！醫院相當安靜，厲心棠不敢再大聲追問，她很想問他那兩個耳機一天到晚罩在耳朵上，到底能不能聽見她說話？而且無線耳機待機未免也太長了，從今天見面開始他就聽到現在耶！

結果沒走幾步，闕擎逕直推開了男屋主的房門，跟逛大街似的，男屋主傷勢較重，未及性命攸關但也是慘烈，但闕擎沒有叫醒他，而是抓起他的手指就朝手機上一捺。

手機解鎖，就是這麼簡單。

滑開通訊錄與通訊軟體，幾乎不到十秒時間，把畫面轉給了厲心棠瞧，「徐嘉年」三個大字就在通訊軟體裡，最後一則訊息還是「謝謝您平時的照顧，眞的對不起。」

有了基本訊息，要查其他的資料就容易多了！

「嗯，妳來。」闕擎把手機遞給了厲心棠。

「我？」她遲疑的接過，一副你幹麻不用的臉。

「我不用社群軟體的。」闕擎聳了肩，直接攤手，「快點把他的資料查清楚，對話順便存一下。」

厲心棠覺得難以置信，這年頭有人不用社群軟體，這人設果然邊緣到底！

抓緊時間，她很怕被護士瞅到，闕擎就站在門口把風，她趕緊把對話紀錄發到自己信箱裡，再讓自己與屋主互加好友、取得徐嘉年的聯繫方式後，消除一切痕跡。

最後不忘把手機指紋擦乾淨，雖說應該不會有人懷疑。

闕擎朝外觀望後，趁著無人離開了病房門口，可他們沒走兩步，立即被一位護理師叫住。

「你們是……」這層樓留守的病患親屬，她不記得有這兩個人。

闕擎只是望著護理師，她突然面露驚恐，匆匆的回身衝進了櫃檯後方，闕擎冷靜的走向電梯，順利的離開醫院。

厲心棠很想問，但下意識知道他不會回答。

「徐嘉年，三十一歲。」厲心棠滑著手機查看社群資料，「其他資料不是好友我瞧不見，不過……對話紀錄有提到女友剛做完月子，符合陳云眞說的，他的孩子才不到一歲。」

「其實有他的名字就夠了！」闕擎忍不住打了個呵欠，「找到了就報警，告訴警方那具無名女屍的線索吧！」

厲心棠驚異的睜大雙眼，「現在就告訴警方嗎？」

「是啊，讓警方找比我們找快多了吧！他們又有公權力，多方便！」闕擎看了看錶，「我想回去睡覺了，麻煩把鬼大姐引回你們店裡，她不要想起誰就殺誰，再殺下去我寧可不玩。」

嗯，她明白。

只是那副模樣帶回店裡，只怕拉彌亞也不會想讓她進店了。

正在算帳的女人一頓，看向了牆上的鐘，四點半。

「百鬼夜行」二樓也是熱鬧非凡，妖魔鬼怪、魍魎魑魅全部聚在一起，有人在舞池這端聊天，有人正在貼身跳舞，更有一堆人在緊閉的包廂裡，盡情享受他們的夜晚。但比起一樓是安靜很多，因爲他們並不喜歡音樂放得很大聲，連話都聽不清楚。

叔叔放下手裡的竹簡，走出三樓，恰巧聽著腳步聲往上，而二樓樓梯口有對火辣熱吻的妖魔們攔住了她的去向。

「人類。」妖魔們打量著厲心棠，像是在看著一份美味的佳餚似的。

厲心棠早止步不敢上前，戒愼恐懼的看著他們……她分辨不出那是什麼鬼啊妖的，因爲平時夜晚她並不被允許在「百鬼夜行」裡瞎晃。

「她沒手環！」另一個妖魔雙眼迸出金色光芒，喜出望外的留意到厲心棠手腕上沒有金色手環。

「但她是我『百鬼夜行』的人。」帶著飄逸的聲音自樓上傳來，兩個妖魔一抬首，即刻倒抽一口氣，「上來！」

「叔叔！」厲心棠刻意親暱的叫喚，以證實她眞的是這裡的人，趕緊奔上去，依舊一襲古風的男人立即將她護在身後。

妖魔們不敢造次，有禮貌的欠了身，趕緊走回二樓。

「請不要離開二樓空間，這是規矩。」叔叔溫聲的說著，「我可以理解偶爾踏出幾公分的放鬆，但是，不許對一樓的客人出手。」

「我們知道了，只是出來……聊聊，」妖魔謹愼的回應，「下次不會了。」

他們再瞄了躲在叔叔身後的女孩一眼，那張臉得記住，萬一不小心在別的地方傷到她，豈非吃不完兜著走？

見他們步入後，叔叔輕聲叫她上樓，厲心棠則快步的奔上三樓，雅姐也早站在樓梯口，觀察著樓下動靜。

「怎麼這麼早就回來了？妳不是七點才下班？」雅姐看著呵欠連連的她，看得出這丫頭很累。

「嗯？阿天去替我……你們不知道嗎？」厲心棠一怔，害她之前還亂感動一把的，想說叔叔他們這麼好，幫她頂了一晚。

「阿天……」雅姐無奈的嘆口氣，「他們都太寵妳了。」

喔喔，是阿天主動化身成她的嗎？她一定買很多布丁答謝他！

「既然主動想接案，就得把時間分配好，而不是讓人去頂替妳上班。」叔叔走了進來，依然是溫和好聽的聲線，卻說著責備話語。

厲心棠立時圓了雙眸，「又不是我叫他去的！我很認真，我人都去到便利商店了，可他已經化身成我在上班了啊！」

「所以？妳轉身就走了？」叔叔嚴厲的看著她，「妳不是應該叫他住手，然後自己上班？」

「我……唉唷！」厲心棠咬了唇，心裡委屈，「你們不知道情況，那個吊死的鬼大姐她很可怕，幾乎是一種失控狀態！」她轉個身，跑到雅姐面前，「她好誇張，她想起一點點事情都不求證，二話不說直接就殺！」

「殺？」雅姐略微驚愕，「那女鬼殺人了？」

「殺！而且她只是想到曾經在那邊工作，跟同事有過節不愉快，就認定對方是幫凶什麼的，活活在洗澡時用熱水把對方燙熟了……」厲心棠邊說邊打了個寒顫，「然後她想起曾去過的一個朋友家，把男主人認為是殺她的凶手，女主人是小三，他們的兒子變成她的兒子……反正她就是殺殺殺！」

「今晚殺了幾個人？」雅姐緊張的問。

「一個，還好就一個，那家人我們及時趕到，我用冷靜球把她推走了……」

厲心棠說得手足無措，「對了，那個闕擎他會催眠耶，能讓人聽話的那種。」

雅姐與叔叔同時四目相交，催眠？

「所以她已經殺了一個人嗎？那要讓她進『百鬼夜行』嗎？」雅姐謹慎的想叫拉彌亞上來。

「她不見了！她冷靜後就不知道飄到哪裡去了，但是她想起了自己有過丈夫卻死了，後來這個殺她的男人其實對她騙財騙色，最後殺了她——好像以前聽過的一個民間傳說，而且她又是吊死在林投樹下。」厲心棠明示暗示，挑了挑眉。

「那個傳說是自己上吊自殺，她是被殺。」叔叔走到窗邊，往外瞥了眼，「拉彌亞不會讓厲鬼進來，這倒不必擔心。」

「她變厲鬼了？她變得殺氣騰騰，一開始只是吊死的模樣，現在變得很凶惡，我看了都害怕。」厲心棠想起鬼大姐恐嚇她的畫面，又打了個寒顫，「我就是怕她一直殺人，我才讓阿天繼續替我的！這事情是發生在午夜，你們可以去查！」

「好、好，知道了。」雅姐連忙安慰，但叔叔可不這麼認為。

「我們是不干預命運的，妳要想著凡事命定，妳今天如果非要上班不可，也就不可能幫得了那家人吧！」叔叔說得頭頭是道，「說不定那戶人家，注定是要撞鬼而身亡……」

「厚，叔叔！我要不去，說不定換闕擎死！而且你怎麼不想想，他們命中注定就是該逃過一劫，就因為我啊！」厲心棠嘟囔著，迎視了叔叔，「那個鬼大姐這樣濫殺太扯了，是人都要阻止一下的吧！」

叔叔別開了視線，對，是人。

他又不是人，所以才不想阻止。

「好了！兩個都先別拗，反正阿天是自己去的，但叔叔說得也沒錯，妳不能顧此失彼，有多少能力做多少事。」雅姐鄭重的說著，「當初妳堅持要去打工時，保證過什麼？」

哼！厲心棠立即舉手立誓，「這份工作我一定做滿一年！」

「很好！」雅姐露出讚許的神情，「所以明天開始，就不能讓阿天去替妳了。」

「不會！」厲心棠說得心虛，萬一明天之前還找不到鬼大姐的身分怎麼辦？

「對方如果成了厲鬼，妳要小心，到了爲血發狂的地步就會很危險。」叔叔正在忖度，他原本只是想讓棠棠開始接觸眞正的死者亡魂，但倒沒看出那個女人這麼暴戾。

「會，你們給我的東西我都帶著。」厲心棠緊緊壓著身上的包包，「我們今天已經找到她的男友了，非常有可能是凶手，闕擎要我報警，他覺得讓警方去查比較快。」

「合理啊，那小子還挺聰明的，警察有公權力，比你們瞎摸瞎找方便多了。」雅姐深表同意，「反正我們在警方也有人，要消息並不難……只不過呢，這個消息要給誰啊？」

她問向站在一旁的叔叔，叔叔明顯的也在深思。

「這算大案子吧？我看新聞說是具無名女屍，都爛得差不多了，破案也是大功一件。」叔叔隨手拿過架子上的竹簡，帥氣的攤開來，「上次是文翔，這次應該輪到阿傑了。」

「阿傑不是能做大事的料。」雅姐立即反對，「我們現在在警局裡的人，多半都是爲了家人有所求，沒什麼精明人士。」

「藉由他們的手，交給我們覺得比較ＯＫ的人呢？」

聽著大人們在說話，中間的厲心棠只覺得複雜，對她而言，要怎麼讓這個消息自然的傳給警察才是重點吧！

萬一警察問她怎麼知道的那該怎麼辦？找幾個地縛靈？還是水鬼……

「讓棠棠挑吧！」突然一句話進入耳裡，厲心棠回了神。

「嗄？」她看見叔叔。

「妳選擇要把線報給誰，我們就不多做介入了。」叔叔手微施力，竹簡便緊緊捲起，「但有個前提，是妳自己必須處理這個線索，不能透過店裡的人。」

「什麼？」厲心棠嚷了起來，「總不會要光明正大的去警局說，您好，我知道那個吊死在林投樹下的女人的男友是誰吧？」

叔叔挑眉，一副這本來就妳該想的事。厲心棠咬咬唇，委屈巴巴的拉了拉雅姐的白色衣裙，古典女鬼般的雅姐，是對她最最最好的人了！

「妳叔叔說得沒錯，不該藉由外力，這是妳自己想做的事不是嗎？」雅姐溫柔的捏捏她的臉頰，「不該動用到店裡的資源，任何人……」

厲心棠有些不可思議，她縮回身子不讓雅姐碰她，滿心不悅的站了起來。

「你們不想做，所以我來做，我從小到大都在保護下長大，現在又突然要我去面對一切？」她雙拳緊握，鼓起勇氣說出心中不平，「我今天被鬼大姐嚇得不輕，我沒想到人死後變成亡靈會這麼暴戾，你們總是說人類很複雜很可怕，說了半天卻不讓我去面對外面，我到現在都沒上過學！」

「就是因爲人類世界太複雜，我們才不讓妳去。」叔叔說這話七分眞三分假，不過依然可以義正詞嚴。

「你知道闕擎怎麼看我嗎？他說我根本是溫室裡的花朵，自不量力！」厲心棠不爽拉高分貝，「我也承認我能力不足，但我這樣還不是你們造成的！」

「棠棠！我們是爲了保護妳！」連雅姐都希望她自制。

「愛之適足以害之！」厲心棠忍著淚看向他們，「這不是你們爲我上的第一課嗎？」

厲心棠扭頭就往外衝，屋子裡誰都沒追，只是專注的盯著她的舉動，她一路衝到一樓，進入就算天將亮還是人聲鼎沸的夜店後，才稍加放心。

接著兩個人互看一眼，根本異口同聲：「你／妳慣的！」

「你們店是不是禁止你們跟客人談戀愛啊？」喝茫的女人嬌媚的坐在吧台

邊，情慾高漲的看著帥氣俊美的德古拉。

德古拉勾起性感的嘴角，又是一副盡在不言中的樣子。

「還是你已經有女友了？」另一個女人頻送秋波，「百鬼夜行」裡最帥的吸血鬼，一舉一動都迷死人了。

一個身影氣沖沖的從樓梯下來，二話不說就坐上吧台角落的高腳椅，德古拉一秒回頭，詫異的看著不該出現在這裡的「客人」。

「等等我。」德古拉朝著女士們禮貌頷首，從容的走向另一頭的角落，「這麼可愛的小姐……」

「我要一杯威士忌！」厲心棠噘起嘴，怒目而視。

德古拉瞅著她，永遠帶著微笑，「沒問題！」

他開始調酒，清晨已經不忙，因爲即將閉店，大部分的客人也喝得差不多了，鮮少人會再加點，而那些拼命想加點的人，他也都會控制，至少得讓他們能走出去才好。

拉彌亞在店裡穿梭著，不需睡覺的她，總是盯著每一個客人，防止非法交易出現在這名聞遐邇的「百鬼夜行」。

雪姬收著餐具回到櫃檯時，瞪大眼睛看著角落的厲心棠。

「小姐點了杯威士忌。」德古拉刻意重述，雪姬眼睛瞪得更大了。

但德古拉依然備好「百鬼夜行」的杯墊，擱到了厲心棠面前，並端上一杯漸層美麗的飲品。

接著他走回美女前，繼續與她們談笑風生，不一會兒便交換了社群帳號。

雪姬來到厲心棠身邊，她正瞪著飲料，忿忿不平，「我要威士忌。」

「妳喜歡喝冰的對吧？」雪姬握住了杯子，一秒變成軟冰沙，「喏，可樂冰沙。」

「我……」厲心棠很想抱怨，但德古拉做的彩虹可樂超好喝的，她還是拿過來，大口的吸著冰沙。

接著，都不必等人問，她就劈里啪啦的把剛剛發生的事全說了。她在角落小聲的說，在場所有的非人類都聽得見，吸血鬼們不便置喙老大的家務事，他們一堆人都想幫棠棠，但沒人敢出手啊。

老大都這麼硬了，天曉得阿天今天下班回來會多慘！

「的確是放手得太快，但快慢我們也不知道怎麼拿捏。」雪姬語重心長，「可以的話，我希望妳永遠不要離開這裡，就在這裡打工不好嗎？」

厲心棠眨了眨眼，她跟錯人訴苦了，雪姬掌控欲很強，她這次打工，她是反對最激烈的人。

正妹們踉踉蹌蹌的離開了店家，吸血鬼服務生扶著她們出去，德古拉終於能過來說上兩句了。

「其實能獨立完成就試試看吧，妳先不要管老大他們怎麼說，妳也的確不能總想著有幫手。」德古拉邊說，又遞上了一盤濃郁巧克力慕絲。

「哇！」厲心棠瞬間笑顏大開，雙眼都亮起來了，「你的古典巧克力蛋糕最好吃了！」

笑了就好。德古拉寵溺的凝視著她，大口大口的吃起蛋糕來，連雪姬也不由得輕笑起來，幸好棠棠單純，容易被分心。

「慢慢吃，吃完了去睡覺，明天起來再好好想想，要怎麼處理吊死鬼的事。」

雪姬不喜歡看見生氣的棠棠。

提到鬼大姐，厲心棠吃蛋糕的速度慢了下來，有點遲疑的望著遠方；找警察的確是最快的方式，他們可以找到徐嘉年的下落及背景，但是鬼大姐要的是她的人生。

「她想知道她是誰。」厲心棠戳著蛋糕，「如果我先告訴警方這條線索的話，我就不能自己先去找徐嘉年的同事問問題了！」

德古拉劃上笑容，「所以呢？」

「我先拿到我要的線索，再跟警察說。」厲心棠轉著眼珠子，「好像有點不好，但是……畢竟沒有我，警方還是會繼續追查對吧？」

德古拉藍色的眸子裡映著女孩的身影，「妳說什麼都對。」

「我要是再不快一點，我怕鬼大姐會一直殺人了！」厲心棠想起晚上的事又打了個哆嗦，「眞可怕，闕擎說得對，她眞的是個厲氣很重的鬼。」

殺人？雪姬跟德古拉交換眼神，那個吊死鬼居然已經犯戒了!?

「這件事得速戰速決，然後我一定要說服鬼大姐冷靜，不能讓她大開殺戒！」厲心棠大口的吞著蛋糕，然後，既然知道徐嘉年工作的地方，就絕對能問到蛛絲馬跡，「如果眞的是這個渣男騙了她……」

那這個渣男現在在哪裡啊？

棉花糖女孩架好機車，從上頭拿下大小包的袋子，今天遇到超市特價，她買了一大堆東西回來，明後天是連假，她已經想好要來個美食連假！

吃力的走上階梯，她住的是舊公寓，雖然要爬樓梯，但是她都這麼胖了，有動總比沒動好。

一步步的往上走，快接近她的四樓時，她卻在往上的樓梯口瞧見了一個好奇看著她的小男孩，衣服好髒，看上去才兩三歲左右的稚兒，爲什麼坐在她家門口的平台？

狐疑的再往上走，看見的是一個較大且神態緊張的男孩，他嚇一跳般的揪著身邊男人的衣袖，躲藏到他身後。

男人坐在地上，的的確確就是靠在她家門口，看見她時雙眸亮了起來，虛弱的揚起微笑。

「思鳳！」

要不是食物很貴，按照電視劇的震驚程度，她滿手的東西一定會摔上階梯，滾落一地……但好不容易買到的，不可以浪費！

嘴角抽搐，又哭又笑的看著男人，最終一句話也說不出來，淚水卻奪眶而出。

「嘉年！」

第七章 真心實意？

不管男人還是男孩，每個都洗得乾乾淨淨，王思鳳上氣不接下氣的進家門，手裡拎了一袋衣服，走到浴室前敲了敲門。

「嘉年，我買了簡單的衣服，你們先換上！」她忙不迭地剪標，浴室門開了個縫，她便把衣服遞進去。

轉身趕緊收拾客廳茶几的東西，連堆滿東西的餐桌也都先把東西掃在一起，晚點兒再收，現在要緊的是烤箱跟爐子上的東西，她匆匆的繫上圍裙，緊趕著做飯。

浴室裡的徐嘉年爲兩個男孩吹乾頭髮後，終於帶著他們出了浴室。

王思鳳已經在腦子裡預想了很多次的台詞，她要用什麼角度回眸，要用怎麼樣的笑容自然的說：餓了嗎？我煮點東西給你們吃！

但身邊衝來兩個男孩，飢腸轆轆的嚥著口水時，她就什麼都明白了。

「坐一下，我等等就煮好了……櫃子裡有餅乾，先拿給孩子吃吧！」她回首看向徐嘉年，他氣色也很糟。

走向王思鳳的男人滿臉歉意，「眞的很抱歉，這樣突然來打擾妳……」

她瞇起眼睛笑著，「等我煮頓好料的，你知道我的手藝。」

徐嘉年凝視著她，「我一直都知道。」

這樣的凝視在多年後，依然讓王思鳳心跳加速，小鹿亂撞。她紅了臉趕緊轉回身忙著爐上的東西，徐嘉年則讓兩個孩子到客廳去坐好。

「餓——」兩個孩子嚷嚷著。

徐嘉年最後開了櫃裡的蘇打餅，一人一片，慢慢的吃，還得靠著茶几，不能把餅乾屑掉在地上。

接著，他再度走向廚房，光是聽見腳步聲，王思鳳就會渾身緊張。

「我來幫妳吧！」

「不、不必啦！」王思鳳乾脆的說著。

「別這樣，是我們來叨擾妳的……還讓妳破費買衣服，我等等給妳錢。」

他其實不是非常帥的男人，但就是乾淨斯文，與人爲善，臉上總是帶著微笑，隨和的個性，對誰都很好，包括她這個貌不驚人的胖女孩，他也未曾有過一絲歧視。

有人說他是中央空調，對誰都暖，不誠心，但是她覺得徐嘉年就是這樣善良的男孩，爲什麼非得要他壓抑本心，只對一個人好？

「不必給我錢啦，我就是……沒關係。」王思鳳不知道該怎麼說。

能再見到他，她已經很高興了。

知道他生孩子後，她原本已經死了心，但是……他孩子不滿一歲，但現在這兩個男孩都超出了歲數，那個女人帶著孩子走了嗎？

「我有錢的，只是……有些困難。」徐嘉年低垂下頭，難以啟齒。

「……我明白，有錢卻不能住旅館，你們三個看起來餓壞了又髒兮兮，肯定有難言之隱吧。」王思鳳心細如髮，她什麼都知道，「我這裡簡陋，但要塞一個大人跟兩個孩子，還是有空間的！」

徐嘉年緊抿著唇，像是快哭出來般的忍著淚水別過頭去，他假裝忙碌拿了碗筷到後頭的小餐桌上，王思鳳是個很有儀式感的人，即使套房坪數不大，茶几是茶几，餐桌是餐桌，從不馬虎。

看那陽台邊，還有個折疊桌，上頭蓋著蕾絲桌墊，肯定是喝下午茶用的。

半小時後，孩子們上桌，幾近狼吞虎嚥的地步，一時之間餐桌上都是碗筷聲，大家都餓壞了！唯一沒動筷的是王思鳳，但是她卻是笑得最幸福的那位。

孩子們都很有禮貌，徐嘉年叫他們哥哥與弟弟，不太想讓王思鳳知道他們名字，她也無所謂，她在乎的只有徐嘉年，他帶來的人，她也願意照顧，就這麼簡單。

他們曾是同事，全公司都知道她暗戀……光明正大的喜歡他，拼命的獻殷勤示好，倒追也都無所謂。但是他一直婉拒，也沒有因爲她的倒追而趁機揩油，反而是不停的告訴她，她値得更好的男人。

結果可能她太過心急，最後竟把他逼走，在她未曾發覺的情況下，他遞了辭呈，離開這裡，到另一個城市去了。

不過社群並沒有被刪好友，她爲此哭了好幾晚，傳訊息問他爲何如此？是因爲她太喜歡他了嗎？

他還以肯定的答案，是的，因爲他在這裡，只會阻礙她的幸福。

她當年看著訊息痛哭，怎樣就是討厭不起來，這樣暖心的人，眞的不愧是她喜歡的人。

爲了不給他壓力，她不再吵他，只有大事或逢年過節時祝賀一下，認眞發著社群動態，希望他能知道她過得很好，不要擔心；這幾年不是沒有不錯的對象，但是她就是只喜歡他，沒辦法。

但是，徐嘉年卻有了新戀情，沒有在社群上公開，私下告訴她了。

她只能祝福，知道自己不可能跟他在一起，只能當最好的朋友；但他不知道，他孩子出生的那晚，她崩潰痛哭，想死的心都有了，那一刻他們眞的再無可能了。

誰又能想到，現在徐嘉年活生生的站在她面前，住在她的家，仔細的洗著碗。

「妳都不問發生什麼事嗎？」徐嘉年將洗好的碗盤遞給她，她接過擦拭。

「你想說時自然會說吧。」王思鳳輕柔的擦著，壓低聲音就怕吵到睡著的孩子們，「我只知道，你到我這兒，絕對是逼不得已……」

「不是！」徐嘉年即刻看向她，「是我只能想到妳。」

……王思鳳覺得自己快飛起來，向左上看向高瘦的徐嘉年，內心說不出的興奮卻又得忍住想笑的情緒。

「謝謝。」她正首，專注的盯著盤子。

「但妳也說得沒錯，我的確是出了狀況，我需要一個安全又能讓我心安的地方。」徐嘉年嘆了口氣，「腦海裡第一個浮現的就是妳了。」

「你絕對可以信任我。」王思鳳肯定的說。

徐嘉年終於泛出見面以來第一個放心的笑容，「我知道。」

他們相視而笑，一切盡在不言中的感覺，他洗碗、她擦拭，所謂歲月靜好，是不是就是這個樣子？

即使他有了女友與孩子，但至少她還有機會擁有這樣的片刻。

兩個男孩在客廳地上呼呼大睡，王思鳳挪動了茶几，鋪了被墊讓孩子們睡，天氣熱，孩子們踢被踢得亂七八糟，王思鳳小心的過去爲他們蓋上，將電扇喬個角度，怕孩子太熱。

「媽媽……」弟弟翻了個身，像在做惡夢一樣，「媽媽！媽咪不要！」

弟弟突然激動的抽動著手腳，王思鳳見狀，趕緊伸手拍了拍他，「噓……乖……乖喔……」

這樣的觸碰似是奏效，弟弟靜了下來，緊皺的眉頭瞬而舒展，又沉沉睡去。

「這是她的孩子嗎？」

走回臥室時，王思鳳忍不住問了，因爲徐嘉年的孩子應該也才六個月大。

在臥室門口等待另一床被的徐嘉年沒有隱藏，立刻就點了點頭，「對，她的老大跟老二。」

「跟前夫的啊……爲什麼在你這兒？還有你的小玉米呢？我一直想看他的！」

王思鳳搬出了涼被給他，問起他應該尚在襁褓中的兒子，小名玉米。

徐嘉年接過被子，神情浮現哀傷，「我暫時，可能得帶著這兩個孩子打擾妳一段時間，有些事現在還不能說，我只能告訴妳，如果再給我一次機會，我一定會選擇妳，不會選那女人……」

這類似告白的話令王思鳳震驚，她有一瞬間的錯愕，可下一秒徐嘉年突然滴下了淚，甚至埋進了剛拿到的被褥裡痛哭失聲。

「嘉年！嘉年……」王思鳳即刻上前抱住了他，「沒事的，沒事的……不管發生什麼事，你知道我一直都在！」

徐嘉年鬆開手，被褥落上了地，而他緊緊環抱住了王思鳳！她眞的受寵若驚，夢想中的一切，好像在今晚都實現了。

「我眞的錯了，大錯特錯，爲什麼我當初不選妳呢！」徐嘉年哭得泣不成聲，擁抱著王思鳳的力道誠懇異常。

王思鳳也激動得都快哭了，就算徐嘉年只是一時失志，需要人安慰她都無所謂，因爲她就是這麼愛他啊！輕柔的拍著他的背，她寧願成爲這男人的依靠。

「我不會造成妳負擔的，妳放心……我說有錢是眞的。」徐嘉年悶悶的說道，「明天我就去領錢出來，至少當生活費！」

「錢的事你不必在意啦！」王思鳳說的是眞心話，爲了徐嘉年，她省吃儉用都値得，「但是……」

她突然輕輕挪開他，抽過衛生紙讓他擦拭一臉的淚水，徐嘉年哭得眼睛都紅腫了，望著她鼻子一酸，又哭了起來。

「嘉年……嘉年，你先冷靜點。」王思鳳搖了搖他，「你得告訴我，你把孩子帶來，那女人知不知道？」

喝！徐嘉年顫了一下身子，用心虛的眼神瞄了王思鳳。

「她……知不知道有關係嗎？」

「嘉年，她如果不知道，你就變誘拐或綁架了，吵架難免，但是你如果一聲不吭的帶走她的孩子——」

「她不會報警的。」徐嘉年打斷了她的話，斬釘截鐵，「絕對不會有人報警的。」

嗯？王思鳳幾分詫異，嘉年竟如此肯定？

是因爲……他的小孩也在她手上嗎？

「如果吵架的話，還是要溝通比較好。」王思鳳理性的說著，「我這邊你愛待多久就待多久，但是不能一直逃避下去……」

「沒有用的，已經無法溝通了。」徐嘉年劃上淒楚的笑容，驀地再度把王思鳳擁入懷中，「思鳳，我只有妳了。」

我只有妳了。

王思鳳感受到緊窒的擁抱與滿滿的愛，她不想打破這片刻美好，便不再發問了。

緊擁著她的徐嘉年眼神深沉，是啊，絕對不會有人報警的，因爲死人是無法打電話的。

客廳裡，五歲的哥哥倏地睜開眼睛，緩緩坐起了身。

他看著門半掩著的房間，心裡覺得叔叔眞厲害，叔叔說有個阿姨非常非常喜歡他，不管說什麼她都會信，而且還保證今晚就有好吃的、跟舒服的地方睡了。

他抱著被子重新倒下去睡，阿姨人很好，做菜比媽媽好吃，也比媽媽溫柔，但是……他還是有點想媽媽了。

媽媽，還會回來嗎？

儘管疲累，但厲心棠心有罣礙，無法睡得安穩，明明天亮才睡覺，卻愣是正中午就醒了，叔叔跟雅姐都不在，屋子裡只有拉彌亞醒著，她從冰箱抓了瓶牛奶灌下，就準備要出門了。

「那個吊死鬼昨晚完全沒跟回來，我去巡了一圈，她甚至沒靠近店。」拉彌亞送她出門，「妳要去警局報案嗎？」

「嗯，我寫了匿名信。」厲心棠拍拍斜背包，「今天寄明天能收到。」

這麼麻煩？拉彌亞不動聲色，反正棠棠想做什麼，便是全力支持就好了，「妳凡事小心，嗜血的亡者只會越來越失控。」

「嗯！」厲心棠用力點了頭，牽著腳踏車從後門出去，「那我走了喔！幫我跟叔叔他們說一聲。」

拉彌亞微微一笑，揮手對她告別。

跨上腳踏車，厲心棠即刻快速騎乘，寧靜街上的餐廳已經開了，她是有點餓，但是現在沒有時間坐下來好好吃，她只想快點找到那個徐嘉年工作的公司！上午打電話給闕擎一直沒人接，傳訊息給他後，她就直接出門了。

那間公司距離有點遠，所以厲心棠騎腳踏車到轉乘的捷運後，便改搭捷運過去；徐嘉年在一間廣告公司工作，還挺大的，所以昨晚的屋主才會住在那種豪宅頂樓裡。

抵達公司樓下時，發現有媒體在外面，看來昨天的案件果然不小，被警方認為是入室搶劫了！厲心棠假裝那棟樓的員工進入，結果一看到閘門就慫了，她沒有識別證怎麼進去啦！

「訪客那邊請，換證件。」一張訪客證在她眼前晃著，清瘦的背影掠過她往前去，輕易的過了閘門。

「闕——」厲心棠想喊些什麼，他人已經過了閘門，還回頭對她擠出嘲諷的笑容。

可惡！厲心棠即刻轉身，衝到櫃檯那邊去，幸好證件是叔叔給她的成年禮物，要不然她要怎麼押證件啦！

匆匆趕到廣告公司那層樓時，完全不見闕擎身影，她看著緊閉的霧玻璃門，還在想著該怎麼上前，用什麼身分進去啊？

「啊……妳是那個學生吧？」有個女人從廁所走出來，正準備進入公司，「妳同學已經到了！」

「噢，好！」厲心棠簡直頓悟，好厲害，闕擎用學生的名義堂而皇之進入人家公司嗎？

她跟著女人順利的進入公司，女人還親切的帶她到一間小間的會客室，闕擎早就坐在沙發上，手裡還煞有其事的拿著一本筆記本，對面有另一個男人正在與之交談。

「抱歉，我來晚了！」厲心棠反應還是很快的，趕緊來到闕擎身邊坐下。

「還好！我們也才剛開始，我姓張。」男人趨前遞上名片，「抱歉，昨晚公司出了點狀況，所以今天很亂！」

「我們來得不是時候嗎？眞抱歉，但是……」厲心棠先客套一番。

「我們其實是想問徐嘉年的事。」

隔壁的闕擎開門見山，但屋子裡其他兩個人都愣住了，厲心棠一口氣差點上不來，他就這樣直接說？

「……徐嘉年？」張先生果然一陣錯愕。

「昨晚是我們兩個救了你們老闆夫妻，但細節因警方偵察不公開，所以我們不能說，其實我在找一位徐嘉年大哥的行蹤。」闕擎說得非常自然，「你們可以打去問夫人沒關係，我只想知道徐嘉年人在哪裡而已。」

這一連串的話語讓張先生有些吃驚，他非常狐疑的打量著闕擎，剛剛還說是廣告系的學生想做個調查，現在卻說是來找徐嘉年的，這就是明擺著的欺騙啊！

「我叫警衛。」張先生起身，就要去喊人，厲心棠緊張的拉了拉闕擎，催眠啊大哥！

但闕擎八風吹不動，還端起桌上的茶水，完全不慌不忙，這下厲心棠急了，她跳起來追上前，才想要解釋——結果張先生一踏出會客室，旋即退了進來。

「所以你是徐嘉年什麼人？」回頭的男人顯得有點猶豫，「他已經消失好久。」

「我想可能差不多一星期左右吧。」闕擎挑了眉。

「對，一星期。」男人深吸了一口氣，「找到他能夠通知我們一聲嗎？要找他的人非常多！」

「沒問題。」闕擎一口答應，「但我需要知道他的狀況，在公司是怎樣的人？或是他有沒有要好的朋友？同事？女友？」

張先生要他們稍等，便走了出去，只留下厲心棠呆呆的站在門邊。

「你催眠過了？」

「當然，未雨綢繆。」闕擎自負的擠了個假笑，「不是每個人都像妳這樣沒計畫的！」

「我哪有沒計畫了，我就是想來這邊找徐嘉年啊！」厲心棠噘起嘴，嘟囔著坐回來，「只是我以為直接走進來就好了……」

嗯哼，闕擎連吐槽都懶，直接走進來？當這裡是餐廳喔。

他其實沒對張先生做什麼事，只是希望他一走出那道門，就會積極幫助眼前的陌生人。

不過他說如果找到徐嘉年，還一定要告訴「他們」？他們是？

不一會兒，好幾個人一塊進入了會議室，老實說，每個人身上都帶著怒火，目露凶光。

「他就是個渣！」女同事陳小姐不爽的握拳，「一整個中央空調，對誰都暖！」

「我以爲這樣是好人的意思？」厲心棠尷尬的回著。

「妳男友是中央空調看妳還說得出來嗎？」長髮女人是主管，看向闕擊，「這位怎麼看都不是中央空調啊！」

「他不是我男友啦！」厲心棠連忙搖手，「等等，說到哪邊去了……所以他很會跟人家搞曖昧？」

「我覺得他不是故意的，他就是對每個人都很好，但他的女友並非公司的人。」張先生力持中肯，「但對誰都好……多少有問題！」

「都是爲了讓大家相信他，所以才當大好人，讓大家放下戒心！」陳小姐說得牙癢癢的，「讓大家投資他！」

投資？厲心棠聽見了關鍵字！又跟錢有關？

「對，他交了那個女友後就變了，一開始我們以爲是好事，他要結婚、女方想開一間服飾店，一開始問大家借錢，後來乾脆鼓勵我們投資！」那男同事語重心長，「因爲徐嘉年平時人眞的很好，我們都覺得他不會騙我們，因此大家都拿錢出來幫忙！」

「結果一拖再拖，一直都說在看店面、房東刁難什麼的，接著有人想要回錢，他又說現在資金都出去了沒辦法給我們——」女主管雙手一攤，「接著他就跑了！」

「找過……」

「打電話、傳訊息全部都找不到人，我們還親自去他家過！」女同事說得義憤填膺，「他家門口一堆信，早就跑路了！」

「錢不算多，但都是辛苦錢！」陳小姐激動的看向闕擎，「所以拜託只要有消息，一定要通知我們！」

闕擎點點頭，「但如果他是成心要騙，找到他也不一定有錢還。」

「不管，至少有人！」陳小姐叫嚷著，「再不然也要叫他那個女友還啊！這還不是都爲了要幫她開店！」

女主管卻遲疑，「我其實還是想相信嘉年，我覺得都是那個女友的問題。」

「那個女友，」厲心棠與闕擎異口同聲，兩個人頓住後相視，「知道名字嗎？」

「名字不是很清楚，但是都叫她燕子。」女主管回憶著，「人很漂亮但是命不好，聽說很年輕就結婚生子，結果老公死於意外的樣子，後來因爲那個女的孤苦無依，徐嘉年這人就開始照顧起她來了。」

啊咧，厲心棠眨著眼，這跟那個傳說有八十七分像了啊！

而且這個男人不只騙財騙色，連同事的錢也都騙了，這眞的是無本生意耶！

「服飾店是想開在哪裡呢？」闕擎覺得可以從店面下手。

「只知道路名，但不知道地址耶……」陳小姐認眞的回想，「不過我知道她女友在哪裡上班喔！」

咦？闕擎跟厲心棠兩人不約而同的在心裡喃喃：不是理容院嗎？

「還有，不是有個方小姐嗎？」張先生想了起來，「叫方瑋茹的，她在咖啡廳上班，是燕子的朋友！」

兩位女同事看向了張先生，一副你怎麼知道的樣子？

「你連他女友的朋友都認識喔？」

「不是！我們有一次開會叫咖啡，徐嘉年去拿時跟那個外送的相見歡啊！」張先生趕緊解釋，「就經理硬要叫手沖咖啡假掰啊！」

「店名？」闕擎即刻拿過紙筆。

「在四全街上，叫午後咖啡。」張先生懶得寫，直接講，「那不是連鎖店所以很好找，而且那個女孩子妝很濃，也很瘦，但身材不好，就像竹竿一樣。」

「形容就形容，還在那邊人身攻擊。」同為女性，同事們發出不平之鳴。

「是給他們方便認的啦！」張先生連忙解釋。

闕擎即刻起身，準備就要過去那裡，厲心棠慌亂的收拾東西，怎麼說走就走啦！

「抱歉，我們現在就要去找！」厲心棠尷尬的收尾，「先走了。」

「啊……好。」同事們有些錯愕。

「等一下！」最年長的女主管開口了，「那你們找徐嘉年做什麼？」

呃——厲心棠緊繃著神經，這要叫她怎麼回答啊？

開門的闕擎倒是回了頭，「幫人討債。」

幫冤親債主討債，也算債吧！

也對！厲心棠賠著笑，看起來是在幫鬼大姐討——喝！她猛然感受到一股質疑與猜忌的情感，從頭髮品頭論足到腳趾頭，而且伴隨著一堆咒罵。

四處張望，尋找鬼大姐的身影，但直到進入電梯後，都沒見到。

「她在附近嗎？」闕擎看得出她的表情。

「應該，她討厭那些同事，不停的咒罵，還覺得沒多少錢也在計較……」厲心棠非常困惑，「鬼大姐認識他們嗎？」

「如果她就是徐嘉年的女友的話，」闕擎挑了眉，漫不經心的靠著牆面，

「或是等這裡發生命案——」

「不行！她不能隨便想就隨便殺！」厲心棠聞言緊張極了，「還是我上去看一下！」

「有殺氣嗎？」闕擎涼涼的問。

「……沒有。」厲心棠揪著胸口，「她討厭，但是沒像昨天那麼歇斯底里。」

嗯哼。闕擎點了點頭，電梯抵達一樓後，他們迅速換回證件，出門隨手招台計程車，趨車前往所謂的午後咖啡廳；結果厲心棠匆匆出門什麼都帶了就是沒帶錢包，闕擎是瞪著眼付錢的。

「公帳。」闕擎把收據塞給她，要她拿回去報公帳。

自然的以客人之姿進入咖啡廳，厲心棠肚子的叫聲已經吵了闕擎一路，所以他們直接在這兒點輕食當午餐；厲心棠活像餓死鬼般大口吃飯，而且還點了套餐，等會兒有飲料跟蛋糕呢！

瞧她吃得這麼滿足，闕擎都很懷疑為什麼有人會覺得看女孩這樣吃飯很可愛的？他只感覺到——

「沒錢還點這麼多，妳臉皮也眞厚。」闕擎認眞的凝視著她，「妳是打算在這裡洗碗嗎？」

「我有電子支付。」她哼了一聲。

「這間店只收現金。」他隨手一指，收銀機上貼著大大的牌子。

厲心棠焦急的看過去，吃驚得倒抽一口氣，她眼睛再大也沒瞧見那塊牌子，這下尷尬了。

「妳要慶幸我有帶錢出來。」闕擎不悅的撇撇嘴，很會找麻煩啊！

服務生過來收拾餐盤後，一位高瘦的女孩為他們送上甜點，果然就像根竹竿似的，為他們送上餐點。

「方瑋茹嗎？」厲心棠仰著頭朝她投以熱切的目光。

「咦……」方瑋茹一怔，「是。」

「您好，我想跟您打聽一個人。」厲心棠覺得自己像偵探似的，「妳有沒有一個朋友，長得很正很美，丈夫去世，有個男友叫徐嘉年？」

方瑋茹呆望著厲心棠，放下餐盤後再看向她對面的闕擎，絞著衣角看起來很緊張似的。

「看來妳認識對吧？」闕擎緩緩的出聲。

只見方瑋茹深吸了一口氣，微傾上半身的彷彿要說出什麼祕密——

「那個死婊子！」

第八章 她的朋友們

數人一起來到了一間空屋，門口還貼著「租」的字樣，領頭的男人熟門熟路的直接轉開門把，領著大夥進入這空蕩蕩的店面。

這位高大壯碩還嚼著檳榔的男人叫德哥，後頭染綠色頭髮的叫昌仔，再後面跟著的就是方瑋茹，這三個完全一副流氓樣，十個字有五個字是髒話，看著他們，闕擎突然一點兒都不意外鬼大姐是那種個性了。

「就這間啦！那婊子說要租這間來開店！」方瑋茹說話咬牙切齒的，「我們是看她可憐好嗎！帶兩個孩子又死老公，之前在美甲店上班又被欺負，才借她錢的！」

美甲店又是什麼？厲心棠益發覺得無力，鬼大姐到底在幾個地方上班過？或是說，她眞的有上班過的地方是哪裡？

「他媽的賤貨！弄得自己超可憐的樣子，騙得我們團團轉！」昌仔非常不滿，「她還誘惑我，讓我以爲她對我有意思，結果我幹他媽的還從瑋茹口中才知道她有姘頭了！」

「什麼姘頭，男友啦！」方瑋茹啐了聲，「我哪知道你不知道……」

「她又沒離婚，就姘頭啊！」昌仔怒罵著，「她找我時老公才死沒多久耶！媽的就是賤！」

站在一旁的德哥都沒說話，渾身都散發著怒氣。

「抱歉，所以她叫？」厲心棠小心翼翼的問。

「嗄？你們來找她不知道她叫什麼名字？」昌仔誇張的笑了起來，「靠夭喔！至少我們被騙還知道她叫蔡瓊燕咧！」

GET！闕擎覺得心累，爲了要這個名字太辛苦了！

如果鬼大姐就是蔡瓊燕，那一切就快撥雲見日了！

「五十萬，她跟我拿了五十萬，我也是看在她辛苦的份上……還有她說想依靠我，我才拿錢出來的。」德哥沉著聲開口，「結果這女人拿了錢，店面也沒簽約，就這樣跑了！」

「她說要依靠你？」昌仔跳了起來，「這婊子跟每個男人都這麼說嗎？」方瑋茹雙腳大開著，粗俗的蹲在地上，手裡的菸沒停過，冷笑一聲，喃喃低語著，「你們還不是看她漂亮！」

「簡直騷貨！她那天是……」昌仔想說些什麼，卻尷尬得說不出口，漲紅臉像是曾發生過什麼限制級的事情。

闕擎默默想著，看來現場有兩位表兄弟嗎？

「她就是個婊子沒錯！我還去她工作的地方找她，結果那邊根本沒她這個人！」德哥握著碩大的拳頭走來，「所以你們知道她在哪裡嗎？」

厲心棠倒抽一口氣，為什麼他好像要揍人的樣子？「不……不知道！就是不知道才來找的！」

「你們被騙了多少？」方瑋茹看熱鬧般的問，順道往地上捻熄一根菸。

「我們不是被騙，我們只是想找到她。」闕擎再度將厲心棠拉到身後，「但也有其他人被騙，也有被她男友騙，理由都是用開店。」

「兩個人一起騙錢嗎？幹！」方瑋茹不可思議的跳了起來，「這是有預謀的吧？他們到底騙了多少？」

「我只要我的五十萬！」德哥怒氣沖天，「還有我要叫蔡瓊燕那女人後悔一輩子！」

厲心棠嘆口氣，她應該已經後悔了，因為她沒有一輩子了。

「不就仗著自己長得不錯，那兩顆奶又大，才在那邊囂張！」昌仔也不爽的叨唸著，「還敢說什麼以後只靠我了……幹！什麼謊話都說得出的女人，我要割掉她舌頭！」

好奇怪，厲心棠不由得蹙眉，她以為跟傳說一樣，一個孤苦的女人被丈夫好友照顧，爾後生情結婚，最後卻被騙財騙色的故事；怎麼殺她的凶手還沒找到，鬼大姐就已經先騙財騙色一輪了呢？

「如果找到是不是也要通知你們？」闕擎敷衍的問著。

「對！立刻！」德哥大聲的吼著，「我會給你賞金！」

我們又不是賞金獵人！厲心棠有些啼笑皆非。

闕擎得到了訊息就要走人，厲心棠也留下了這幾個人的聯絡方式，畢竟「找到」要跟他們說嘛。

這樣屈指一算，徐嘉年跟蔡瓊燕兩個人到底訛了多少人多少錢啊？

「看看鬼大姐的朋友是什麼類型，難怪她也差不多。」闕擎一離開那空店面就冷笑，「霸道、自以爲是又粗魯。」

「結果是鬼大姐先騙人家錢耶……感覺她好像詐騙集團喔！」厲心棠頓了一下，語帶保留，「如果鬼大姐就是蔡瓊燕的話！」

闕擎突然停下腳步，打量起她來，厲心棠覺得莫名其妙，這傢伙看什麼啊？

「她不在？」他沒看見厲心棠有什麼異狀。

「……沒有吧！」厲心棠也覺得怪怪的，「我沒感受到她的情緒。」

是沒感受到，還是她不讓這女生感受了呢？

「她應該會跟著我們過來的吧？既然在廣告公司時在，爲什麼現在沒接近？」

闕擎思忖著，「她是不是有意避開我們了？」

「這麼說來，今天一整天都沒有現身。」厲心棠也意識到這點，「跟昨天亦步亦趨的跟著我們不一樣。」

因為鬼大姐已經不是當初那個吊死有怨的亡靈了，她凶殘的殺了一個人，還差點置另外兩個人於死地，朝著厲鬼的道路走去……也或許她想起了更多，決定不讓他們插手。

「妳一直能感受到亡者的情緒嗎？」闕擎突然發問。

「呃，不一定，通常是要夠近，或是情緒比較強烈者就能感受到。」厲心棠有點無奈加厭惡的說，「當我看不見的亡者穿過我身體時，感受就會特別明顯。」

所以要夠近，或是夠強烈。

如果鬼大姐察覺到厲心棠的情感同步感應，所以她決定隱藏呢？闕擎突然轉向了街尾，若有所思。

「怎麼了？你這種沉默我會覺得很可怕！」厲心棠不安的問著。

「我在想，是廣告公司會先出事，還是那三好朋友會先出事。」闕擎坦白了自己所想。

「……什麼？」厲心棠緊張旋過腳跟，「她跟我約好了不會再濫殺了，我們回去看看——」

餘音未落，闕擎卻逕直朝原本的路而去，與厲心棠完全反方向。

她錯愕的待在原地，看向巷尾的店面，再回頭看著遠去的闕擎，這個人是怎樣啦？「唉」的一聲，她決定先追上闕擎！

「喂！你不是說那些朋友可能有危險嗎？我們去——」

「不關我的事。」闕擎冷冷的打斷。

咦？厲心棠呆在原地，闕擎眞的是毫無感情。

「你怎麼可以這麼冷血？」

「剩下的交給警察了！先看看鬼大姐是不是蔡瓊燕吧！」他背對著她擺擺手，代表再見。

厲心棠在原地糾結，她不知道闕擎到底受過什麼創傷……總之，哪有可能知道有人會死還視若無睹的啦！

她再度朝著街尾奔去，再度來到那間店面前時，卻發現門已經鎖住了，透過玻璃往裡望，裡頭已經空無一人。

「鬼大姐！」她失控的對著空氣喊著，「拜託妳不要亂來！不是想起誰，誰就是凶手喔！」

她記得那幾張嘴臉。

那個女人假裝是她閨蜜，卻動不動就吃她的用她的，還鼓勵她去色誘昌仔跟德哥，是她說他們對她有興趣的！昌仔隨便，但德哥那麼有錢，互相揩點油不算什麼。

昌仔，色鬼一個，只要有機會就會吃她豆腐，嘴上說什麼要是他一定會好好疼她，但是要他投資時，拿個五萬就要他的命似的，還趁著酒意壓她上床，否則那五萬她拿不出房間。

德哥也是個渣，五十萬拿得輕易，但要她跟了他，還說孩子他願意照顧，但是她印象中，他曾搧一個男孩大力的巴掌，孩子嚇得尿褲子，又遭到他一頓毒打，一旁還有一個小小孩哭得悽厲……所以她有兩個孩子。

是德哥殺了她嗎？還是昌仔？但也有可能他們三個合夥殺了她，因為至少她想起來了……那個晚上，她發瘋似的在家裡找東西，歇斯底里的發現自己的錢不見了，接著她理智斷線，意識到她被騙了！

被騙了！

熱炒店裡，小矮桌邊上散落的啤酒瓶，方瑋茹放下杯子，一身怒氣與酒氣。

「我說那女人眞厲害，到底騙了多少人？」

「我們三個都是白痴！」昌仔狠狠的捏著杯子，「最好是不要讓我找到——」

「找到了你也最好不要太亂來！」德哥目露凶光，狠狠的說，「她欠我的可多了，我要讓她賣回本。」

「喂，說的她是你的一樣！」昌仔冷哼一聲，「反正我要她吐出那五萬，而且沒那麼容易放過她啦！」

「她整個就是爛，嘴裡沒一句眞話，只會抱怨上天對她不公平，遇到爛男人，也不先想想自己什麼德性！」方瑋茹打了個嗝，踉蹌的起身，「我要去廁所！」

他們在B1的角落，雖過十一點，熱炒店裡依舊人聲鼎沸，方瑋茹喝得太多，不穩的走向洗手間，在門口時還差點滑倒，是走出來的女人扶住了她。

「小心點啊！」女人憂心的看著她，也喝太多了吧！

「謝謝！我……沒事！」方瑋茹用一副我絕對有事的臉說著沒事。

熱炒店的廁所簡陋，旁邊就是廚房，一牆之隔都能聽見忙碌的鍋鏟聲，她感到強烈頭暈的進入廁間，這簡單的一方水泥昏暗的燈光，瀰漫著難聞的氣味，直讓她想吐。

原本就喝得過量，方瑋茹吐了個稀里嘩啦，也跟著清醒了許多，扶著水泥牆起身，因爲天旋地轉所以得斜靠著牆，還是有點想吐，她克制下來，打算出去跟店家討點水喝比較實際。

轉身離開廁間，卻沒留意到馬桶裡的水晃盪不已，水位漸漸上升，發出噗嚕噗嚕的聲響。

方瑋茹隱約聽見了，但沒想太多的到洗手台邊打開水龍頭，捧水漱口時，後頭突然有什麼東西滑過。

「咦！」她嚇得回頭，手朝後背摸去，「什麼東西啊……」

不停的搓著後頸，感覺像是……繩子還是什麼掠過似的……廁所內的光線不停晃動，她盯著地上的光影，上方像是有什麼東西在搖晃遮光，一會兒明、一會兒暗。

她終於緩緩的抬起頭——原來有隻飛蛾在燈旁振翅，才會造成這種光影。

「搞什麼！」她失聲而笑，簡直是自己嚇自己！

頭腦因爲這恐懼清醒很多，她趕緊離開廁所，在經過自己剛剛那廁間時，戛然止步。

這裡的門是外拉的，而且隨便鬆手都會關回去，但現在門卻微向外拉，露出一小縫，而且裡頭還有人。

眼尾僅是匆匆一瞥，她在意的是，從她出來到現在，根本沒有人進去廁間。

她不敢向左看，只是瞪著眼前近在咫尺的門，對……她什麼都沒看見，自然的走出去就好了！

「妳，看見我了。」咿，廁間門被猛地推開了。

方瑋茹下意識倏地往廁間看去，有雙腳懸在地面以上十公分，一條繩子低垂在地，她直覺的向上看，卻看見了那吊在上頭、有張腐爛猙獰臉龐的女人——

「呀啊——」

方瑋茹才想衝出去，無奈地上繩子如有生命般捲起，二話不說纏住了方瑋茹的頸子，直接把她扯了進去——磅！廁間門關起，喀噠的甚至還上了鎖！

鬼大姐扯著方瑋茹的頭髮，直接往馬桶裡塞去。

「你們把我的錢拿去哪裡了！是不是妳殺了我！」鬼大姐拼命的將她往馬桶裡頭塞，方瑋茹口鼻嗆著水，無法呼吸的掙扎。

「妳吃我的用我的，還叫我去設計人，現在居然敢在背後罵我死不足惜！」

鬼大姐驀地扯起她的頭髮，凶惡的逼近，「誰，殺了我？」

方瑋茹驚恐的看著眼前面容扭曲的女人，她該知道這是誰的……問題是她在說什麼鬼話？而且……她哭著視線下移，看見了一個繩子勒到幾乎見骨的頸子、加上那模樣……她撞鬼了？

那婊子……死了？

「我不知道妳死了……」方瑋茹抖著聲說，「我眞的不知道，我會幫妳超渡的，但我不知道誰殺了妳，冤有頭債有主，我……」

「婊子！」鬼大姐再次瞪大了腥紅雙眸，再度把方瑋茹的頭壓進了馬桶裡。

這一次，她沒有手軟。

她使勁的把她整顆頭往那狹窄的水孔裡塞，要將她的頭顱，塑型成剛好能塞住那排水孔一般大小！她抓起方瑋茹的頭，她不再聽任何解釋了，這些都是狐群狗黨，沒有一個眞心的朋友，她這輩子就是一個傻子！

一個被欺騙被欺負的傻子，不管朋友或是男人，每一個都能這樣欺侮她！

啊啊啊——方瑋茹的尖叫聲隱沒在水裡，馬桶的水成了血紅，骨頭碎裂聲清脆得令鬼大姐泛起微笑，她抓起破裂的頭顱再使勁往裡敲，她不在乎飛濺出來的是什麼，她只要讓這女人也知道……什麼叫死有餘辜。

方瑋茹不再動了，她趴在馬桶裡，頭顱好好的塞住了水孔。

鬼大姐滿意的看著眼下一切，她的雙目已全轉爲腥紅，這血腥味更加令她興奮，她好喜歡這種感覺。

擁有力量的感覺眞的太好了！

「不要以爲，你們能永遠欺負人。」鬼大姐冷冷的轉向，隔著再多堵牆，她也知道——還有兩個。

那些曾經欺凌她的人，都該死！

「小姐？」門口突然傳來聲音，是剛剛那個攙扶方瑋茹的女人，「小姐？妳還好嗎？」

那小姐也進去太久了吧？好心的婦人留意到她都沒出來，所以特地到這裡問問。

昌仔也留意到了，他坐在桌邊大聲嚷嚷，「怎麼樣啊？」

「啊，剛剛進去那個黃衣服的小姐，一直沒出來，她喝太多了，是不是醉倒在裡面了？」婦人回頭說著，德哥也低語的說方瑋茹去太久了。

「我來看吧！」樓下的服務阿姨面露無奈，這在店裡是司空見慣的事了，

「哪位是她朋友？」

昌仔即刻起身，要是方瑋茹倒了，當然他得幫忙扛。

服務阿姨走了進去，一邊喊著，昌仔也在門口大聲喝，「方瑋茹！睡死了喔！」

「小……」才敲第一間門，便發現門沒鎖，服務阿姨緩緩打開，立刻看到跪在地上的那雙腳，「噢！小姐！」

她趕緊關上門，這模樣一定又是個吐到睡著的人！這她可拖不動。確定了其他間沒人，她便走向昌仔，「先生，你朋友吐到不省人事了，麻煩你了！」

昌仔走了進來，看他歪歪斜斜的模樣，女人覺得他也不一定拖得動，只是幸好德哥也跟著探頭察看，這傢伙看起來有力多了。

「我說妳酒量也退太多了吧——」門猛一拉開，昌仔當場愣在原地。

水泥牆是會吸水，但吸不了顏色，滿牆噴滿了血液與腦部組織，以及那個只剩頸子以下在馬桶外頭的身體……

方瑋茹的頭，整顆都塞了進去啊！

「哇啊——」

車子在漆黑中高速行駛，昌仔與德哥誰都沒有留在現場，在服務阿姨的尖叫聲中奪路而逃！

「幹——」昌仔在副駕駛座上大聲吼著，「幹——」

「靠夭！你不要一直叫啊！」德哥也中氣十足的回吼，「到底是怎麼回事？」

「她整顆頭都被壓扁塞進去了！你有沒有看到牆上那個字？」昌仔一昧的喊著。

牆上，竟用血寫著「誰是婊子」。

他們瞬間酒醒，恐懼之餘，滿腦子都在想著：到底是誰？

「又沒人進去，就算有，方瑋茹是不會喊救命嗎？」德哥怎麼想都覺得不可思議，「還有……正常人頭怎麼可以塞進那排水孔裡？」

「還用你說嗎？」就是因爲太離奇，所以他才會想到……「那個字跡，你見過那個字的吧？」

那不是一般人的字跡，不是鬼畫符的問題，是因爲他們都認識有一個人，簽名時喜歡在末尾畫隻燕子。

「誰是婊子」的下方，就有一個簡單筆畫的燕子。

婊子一詞，也應和了他們今天在罵的那個女人……問題是，誰見到她來了？他們只顧著逃，事實也不知道爲什麼要跑，或許因爲方瑋茹死得太蹊蹺，或許因爲他們都心虛。

「你說，那女人失蹤這麼久是爲什麼？」昌仔冷靜下來後，終於出聲，「我們去她家也沒人在，手機又全部失聯。」

「跑路啊，不然還能是怎樣？」德哥認眞的看著前方。

他們開離了市區，朝山上而去，德哥在山上有間屋子，是他的避難所之一，簡單的鐵皮屋工寮，有時拿來做些見不得光的交易。

車上瀰漫著詭異的寧靜，兩個男人突然都不說話，不停的用眼尾瞄著對方。因爲方瑋茹的死狀，讓他們毛骨悚然，那怎麼看都不像是「正常」情況。

「你殺了那賤貨嗎？」昌仔率先開口。

德哥擰眉，「黑白講什麼？」

「她死了對吧？」昌仔深吸了一口氣，「前幾天的新聞你有沒有看？說有個上吊自殺的女人在海邊被找到啦，我看到那件衣服……不就是你之前送她的！」

德哥握著方向盤的手一緊，原來不只他注意到這件事了。

上週新聞報出無名女屍案，在海邊的林投樹下被發現一具上吊的女屍，死亡時間超過半年，身上沒有手機沒有證件，唯一有的只有衣物，那件衣服出現時，他也嚇了一跳。

「那種衣服滿街是，又不一定是那件。」德哥嘴上這麼說，但卻嚥了口口水。

「半年，那跟那女人失蹤的時間差不多……」昌仔又偷瞄了德哥一眼，「警方推算年紀什麼的也差……不多。」

「我是白痴嗎？我殺她幹嘛？錢不一定拿得回來還得背殺人罪！」德哥低吼，「警方都說是上吊自殺了，你想到哪裡去！」

「如果她……真的死了……」昌仔越說越小聲，那方瑋茹的死變得更加可怖了。

畢竟，那一點都不像是人爲的。

「她自殺個屁！她騙了這麼多人，有什麼臉自殺！應該是拿錢去過好日子，吃香喝辣的吧！」德哥突然冒出股無名火，「那個女人，從一開始就是——」

一個轉彎，車前大燈照亮前方，驀地就站著「那個女人」。

軋——

「哇啊——」德哥根本煞車不及，車子生生撞上了路中央的女人，卻絲毫沒有任何碰撞感，眞的是這麼穿了過去。

來不及看後頭有沒有車，德哥的車子就這麼停了下來。

兩個人全身發冷的呆坐在位子上，德哥雙手打直，握著方向盤的力道緊到指節泛了白，昌仔這時就會非常讚同要繫安全帶的法規，他幾乎都要撞上前頭又被安全帶拉了回來。

「剛剛……」昌仔緩緩的打算開口。

叭——對向的來車用力鳴著喇叭，指著他們後方，示意他們不要停在路中央，就算現在已是凌晨時分，不代表路上就不會有車！

德哥已經傻了，他僵硬的看向窗外，一時無法行動。

「先開車吧！」昌仔催促著，「後面有車就麻煩了！」

德哥頓了兩秒，終於回過神的踩下油門，趕緊讓車子繼續往前行駛，這一路上，兩個人均被冷汗濕了衣，誰都不敢靠在椅背上；前方要經過一座橋，過了之後會有個避險彎能讓他們暫停。

「她頭子上有條繩子。」昌仔終於還是出聲了，「她就是那個人！」

「我不知道！我沒動她一根汗毛！」德哥終於忍無可忍的咆哮出聲，「她是可以拿來賣的，把她殺了一點好處都沒有！」

「誰知道你是不是失手？那女人拐了你五十萬，還說要嫁給你，你一時氣不過就失手了啊！」昌仔也大聲起來，「你有沒有紀錄我們兄弟都知知的啦，好幾個都被你打得鼻青臉腫，我幫你出面擺平了幾次？」

「她是吊死的！你有沒有搞錯啊，那個海邊誰會去！」德哥也怒了，「你夠了沒！口口聲聲說是我，那爲什麼不是你殺了她？你上次對她是來硬的，說不定她想去告你咧！」

「我來硬的……她後來也沒拒絕啊！她是半推半就！」昌仔氣急敗壞，「我這麼俗辣是不可能殺人的，難不成我還殺了她，再拖到那邊去吊嗎？」

「我怎樣知道你什麼爲人！更何況她拿了你五萬！」德哥越吼越大聲。

昌仔沒有再跟他互嗆，他不覺得這種嗆聲有什麼用處，事情還是沒有解決——剛剛在路中央那個，分明就是蔡瓊燕吧！

「不管怎樣……她就是已經……」昌仔心跳得很快，「方瑋茹是不是也是她幹掉的？」

「呸呸呸！」德哥氣急敗壞唸著，「沒有那種事，我們跟她有什麼深仇大恨？她能殺了方瑋茹？」

「爲什麼不能？」

森幽的聲音，突然從他們後方傳來。

兩個男人瞬間僵直了背脊，誰也不敢回頭，德哥只敢從後照鏡戰戰兢兢的往後瞄，紅色的眸子在鏡子裡瞪著他們，鬼大姐雙手啪的攀住兩個前座椅背，自己自中間上前，來到兩個男人中間。

「是誰殺了我？」

「哇啊啊——」

叭——伴隨著長音的喇叭聲，車子在馬路上激烈的歪斜扭動，一下子開到對向車道，一下子又繞回了自己車道。

「不是我！眞的不是我！」昌仔嚇得抱頭，「我們不知道妳出事了！」

「你們佔了我多少便宜，還拿走我的錢——」蔡瓊燕歇斯底里的怒吼，整個人塞到了他們之間，好讓他們瞧瞧她的模樣，「是你們把我害成這樣的！」

那腐爛的身子，嵌進頸子裡的繩子，鮮紅的雙眸與凶狠的眼神，都只是讓兩個平時逞凶鬥狠的男人嚇得魂飛魄散！

「走！」德哥突然猛踩煞車，鬆開了安全帶。

昌仔完全領會，他跟著鬆開安全帶，下一秒打開了車門——車子在失控的狀態下，直接右衝下了石橋，磅！

遠方對向的來車嚇了一跳，趕緊減速慢行，誰都聽見了那可怕的聲響。

「啊啊……有車子掉下去了！」車子移近，看見了被撞斷的護欄，車內的人驚慌失措，「報警報警！」

他們趕緊再往前開，準備提醒同方向的車子小心，或許該立個三角錐，設定事故現場，好讓警方調查煞車痕跡。

好心車主開始報警加佈署，他們戰戰兢兢朝下方看，看見一團起火的車子在河床下，面目全非。

但是他們看不見，那繫在橋墩下的三條繩子。

右邊是昌仔，左邊是德哥，他們頸子上都繫著繩圈，來自與中間的鬼大姐同一條繩子。

張大著嘴喊不出來，雙手拼命的想拉開卡在頸子裡的繩子，卻是徒勞無功。

「是不是開始後悔騙了我？」蔡瓊燕吊在中間，晃動著身體，「以爲我會隱忍一輩子？」

「沒……不是我……」昌仔吃力的吐出最後幾個字。

「抓到了我，還想對我怎麼樣呢？」蔡瓊燕冷冷一笑，忽然轉頭抱住了德哥，整個人巴在他身前。

德哥喊不出聲，他痛苦的掙扎，看著眼前這個駭人的女人，根本不是他們平常認識的蔡瓊燕！才不是——

剎！

女人抱著德哥的「身體」往下落，繩圈裡的頭在兩秒後，也終於跟著滾下……一旁的昌仔眼睜睜看著這一幕，眼神漸黑……然後，他也突然感受到有人抱住了他的身體。

剎！

第九章 林投女屍

新聞沸沸揚揚，有空拍也有監視器畫面，一再的重播到觀看者煩膩，也都不會停止，一台房車衝出石橋的畫面多麼有看點，墜毀於橋下的房車還起火燒毀。

『目前發現兩具遺體，已確認是從熱炒店離開的兩位男子，分別是林姓與王姓男子，他們是熱炒店女屍的朋友。』記者播報畫面的一側，同時跑出了三張照片，『首先是在熱炒店死亡的死者，已被證實是方姓女子，當天她與兩位朋友一起到熱炒店喝酒，席間其他客人都聽見他們在咒罵他人，聲音放肆且不顧他人，出事前還與鄰桌有過口角，爾後方姓女子去洗手間後，便慘死在洗手間內。』

畫面切到記者在訪問熱炒店的阿姨，阿姨嚇得不輕，『我從門縫看，發現她跪在地上，我以爲她吐到睡著了，所以請她朋友扛她出來，結果那兩個人突然大叫一聲就衝出去，我什麼都不知道，我就過去看……』

接著女服務生說不下去，同事連忙安撫她，並且撥開鏡頭，示意他們不要再問了。

『是的，方姓女子死狀甚慘，據說整個頭壓扁爆裂被塞進馬桶裡，現場血跡斑斑，警方也正在蒐證，不明白是怎麼樣的仇恨能將人殘殺至此！而更重要的是，在那過程中，沒人看見有其他人進入女子洗手間裡。』

男人兩眼發直的盯著電視，在他耳邊傳來的是與新聞反差甚大的嘻笑聲，徐嘉年越過電視往廚房看去，王思鳳正跟兩個孩子玩得正開心，她讓孩子一起玩麵團做餅乾，等等要烤了大家一起吃。

『方姓女子的朋友便是另外這起離奇車禍的車主，警方目前尚在打撈中，吊起的車內沒有發現兩名男子，但目前已在附近發現一具無頭男屍，經體型證實是林姓男子，其他殘骸還仍在打撈中。』

『這究竟有什麼關聯？爲什麼看到朋友死狀不是報警而是逃逸？一切都只能靜待警方調查。』

「嘉年！」王思鳳走了過來，徐嘉年一秒關上電視，「你要不要也來玩？」

徐嘉年望著她，一時緩不過氣，「……好。」

「怎麼了嗎？你臉色好蒼白！」滿手是麵粉的王思鳳狐疑的看向電視，「出什麼事了？」

「沒什麼……不太熟的人出車禍了。」徐嘉年連忙站起，輕柔撫著她的肩往廚房裡推去，「等等餅乾烤好後，我們出去走走，順便領個錢好嗎？」

「樓下就有便利商店了啊！」王思鳳笑著，何必這麼鄭重其事。

「……提款卡丟了，只能自己去領。」徐嘉年深吸了一口氣，「我想請妳幫我領。」

王思鳳即刻回頭看向他，眼裡帶著懷疑，但是……她不知道徐嘉年這種人能做出什麼壞事。

「你在躲什麼？」

「躲債主。」徐嘉年倒也沒有掩飾，「在保證兩個孩子的安全前，我不能曝光，這就是我們之前連旅館都沒住的原因……拜託妳了！」

王思鳳沒有立即答應，趕忙到桌邊制止兩個小傢伙把麵粉弄得滿地都是，看著洗好手的徐嘉年加入壓模的行列，最終還是點了點頭。

「雖然我昨天說過，你想說時你會告訴我，但我今天就想知道出了什麼事。」王思鳳平靜的說著，「這樣我才能知道怎麼幫你。」

徐嘉年與之相互凝視，然後朝著孩子使了個眼色，王思鳳瞭然於胸，不是能讓孩子知道的事，只能晚點再說。

「來，我們擺好後，就要把餅乾拿進去烤了喔！」

「耶！」哥哥開心的雙手高舉，徐嘉年跟著壓了幾個可愛圖案的餅乾，幫著一起擺進烤盤中。

餅乾送進烤箱後，徐嘉年就幫兩個小傢伙洗手洗臉，王思鳳趁機收拾廚房殘局。

「叔叔，媽媽會來嗎？」哥哥在被擦臉時突然問了，「我也想讓她吃餅乾。」

擦著臉的徐嘉年略頓了手，但立即劃上微笑，「哥哥很想媽媽嗎？」

「嗯……一點點。」哥哥點點頭，「我剛壓了很多花的餅乾，媽媽會喜歡喔！」

「媽媽喜歡！」弟弟永遠跟著哥哥說。

徐嘉年只是繼續爲孩子擦臉，再讓他們洗手。

「你們覺得阿姨好還是媽媽好？」徐嘉年突然問了。

哥哥感受著水從手下流過，搓了搓手，「阿姨好……」

在門外偷聽的王思鳳，悄悄揚起了一抹笑。

「但是我還是想媽媽。」哥哥抬起頭，靠著徐嘉年的肚子，「叔叔，媽媽是不是不要我們了？」

徐嘉年愣了一下，旋即贊同般的點了點頭，「對，媽媽不要你們了。」

「欸……」弟弟不明所以的看著徐嘉年，接著哭了起來，「哇啊……我要媽媽！我要媽媽——」

王思鳳已經悄悄的走回了廚房，所以眞的是吵架嗎？那個女人帶走了與徐嘉年的孩子，而徐嘉年帶走了她與前夫生的小孩，才躲到她這兒來。

只是剛剛那席話眞不像是徐嘉年會說的，那麼溫暖的人，她以爲他會騙孩子說，媽媽沒有不要你，只是有事情趕不過來而已……他怎麼會說這麼殘酷的話呢？

雖然對她一樣溫柔，但她還是覺得……有點不像她認識的徐嘉年了。

收拾好廚房後，餅乾適巧出爐，雖然孩子吵著要吃，但王思鳳耐心的告訴他們，餅乾得放涼了才好吃，所以他們出門辦事後，回來就剛好有好吃的餅乾吃了。

徐嘉年雖說在躲債，但是出門倒不遮掩，或許是因爲蓄了鬍子吧？路上聊著等等去買些菜，或許由他來做飯也行，兩個人一起擬著菜單，王思鳳有種新婚夫妻的幸福感。

「麻煩妳了。」徐嘉年將一個信封遞給她時，她摸到了裡面的印章與存摺。

「好，你放心。」王思鳳帶著東西進了儲匯部，才打開信封瞧，一枚印章跟本子，還有徐嘉年寫的字條，上面有交代事項跟密碼。

『提領六萬元。』哇，六萬……王思鳳有些詫異，只是買些東西需要這麼多嗎？不過想想徐嘉年說在躲債，可能需要現金防身吧。

翻過本子要抄寫帳號時，她略愣住了。

這不是徐嘉年的本子，存摺上寫的，是蔡瓊燕。

厲心棠呆坐在床上，她把所有新聞都刷過一遍了，腦袋一片空白。

死了死了死了！那三個人全部都死了！她立即撥給闕擎，結果今天直接進入語音信箱，那傢伙沒開機啊！這是什麼年代，為什麼有人這麼不愛用手機！

「為什麼不接電話啊！」她急得跳起來，火速梳洗後，衝出了房門。

那絕對是鬼大姐做的！她可能又想起了什麼，按照昨天那三個「朋友」的說法，他們鐵定有紛爭，鬼大姐一定又是想到片面就當全部了！

「我要出門了！」她砰砰砰的腳步聲由上而下，一邊伴隨著大喊。

她要先找鬼大姐？還是先去找警察？她的匿名信已經到警局了吧？他們應該可以查查看那鬼大姐是不是蔡瓊燕了？

才離開二樓，厲心棠戛然止步，狐疑的又倒退上樓。

二樓入口一個身影正倚在門邊，又是熟悉的黑色裝束，加上那個彷彿黏在耳朵上的耳機。

「這麼早啊。」他敷衍的揚起一隻手掌說HI，接著轉身走進了二樓裡。

「咦?你爲什麼在這裡?」她不敢相信的跟著跑進去。

「因爲妳睡太晚了。」闕擎倒是沒客氣,他坐上一張高腳椅,上頭擺放著吃到一半的早餐,表示他很早就來了,「而且妳不能每次都不吃早餐,要是暈倒在半路是找我麻煩。」

「我不會暈倒!」厲心棠眼尾瞄著在角落裡、悶不吭聲的叔叔跟雅姐,他們那兩雙眼睛都快把她射穿了,「我沒暈倒過啊!」

後面這句對著雅姐他們解釋著。

「以後沒吃早餐不許出門。」叔叔直接下了令。

「我——」

「明白。」一旁的拉彌亞即刻領令,完全沒有想理厲心棠在喊些什麼。

厲心棠完全不掙扎,她就區區一枚人類,要掙扎什麼?沒好氣的拖過高腳椅也挨著闕擎坐上同一個張桌子,盯著他買的早餐。

「你寧可吃便利商店的早餐,也不吃我們家的?」厲心棠覺得好難想像,朝上一喊,「我今天要吃班奈迪克蛋跟一杯拿鐵!」

「當、然!我沒有惡意,但因爲你們對我來說是陌生人。」闕擎實話實說。

「我是嗎?」厲心棠有點不滿的指指自己。

「早餐又不是妳做的！」問這什麼廢話！

噢，厲心棠用手抹抹空氣，像是想把這話題抹掉似的，「你看新聞了沒？昨天那三個人全死了！」

「不然我跑到妳這裡做什麼？」闕擎說得無奈，「妳昨晚有感受到鬼大姐嗎？」

「沒有，她不可能進來這裡的……」厲心棠邊說，邊不安的看向拉彌亞，「是吧？」

「再加上三條人命，那已經是失控的惡鬼了。」拉彌亞直白得很，「我們甚至不確定她還記不記得簽約的事，我怎麼可能放這種東西進來！」

「她不記得是她的事，但棠棠該做的還是要做到底。」叔叔提醒著，「可是棠棠不要太接近惡鬼比較妥當。」

「若非必要，我覺得她也不會再現身了。」闕擎提出自己的看法，「基本上就我見過的厲鬼而言，她是那種殺紅了眼、享受虐殺權力的類型，只要想到任何對她不好的人，就可能是凶手，唯有殺戮。」

「所以昨天那三個人……會是凶手嗎？」厲心棠蹙了眉，「我覺得不像啊！他們都因爲被騙錢而義憤塡膺……」

「所以我來找妳，我們去命案現場看一下。」闕擎一口氣喝掉手裡的豆漿，「這些轄區都有認識的警察嗎？」

雅姐笑了出聲，「我們會聯繫。」

果然有，線人眞多。

天花板再度降下一托盤食物，浮在了厲心棠面前，她禮貌的道謝後將托盤擱到桌面，又開始狼吞虎嚥；闕擎也不再說話，他腦子裡有個關係圖，看來徐嘉年的同事已經躲過一劫，是因爲他們與鬼大姐沒有直接關係吧？

「妳的信寄出去了沒？」闕擎指節在桌上敲呀敲的，「再不快點，今天又不知道要多幾具屍體了。」

「我寄了！」厲心棠其實也很擔心，「但我怕因爲這些案子，大家不會注意到我的信。」

「嗯……」闕擎沉吟著，他倒是有辦法。

囫圇吞棗的吃完早餐，他們匆匆離開「百鬼夜行」，闕擎基本禮貌還是會顧，朝叔叔跟雅姐他們道謝，便從容的跟厲心棠出了門。

「那男孩很冷漠啊！」拉彌亞站在窗邊，「對什麼都沒感情。」

「不是普通的孩子嘛！」叔叔微微一笑，「拉彌亞，妳幾天沒睡了？要休息的話儘管跟我說。」

「還行，我不放心棠棠。」拉彌亞蛇般的眸子盯著遠去的背影，他們今天沒有騎車，「我想叫幾個人去查查那個吊死鬼的現況。」

雅姐正在追劇，叔叔則專注的看著手中竹簡，沒有回應就是可以，拉彌亞不再說話的走了出去。

而離開「百鬼夜行」的兩個人，第一站抵達熱炒店，這兒現在還是命案現場，聽說方瑋茹的頭骨整個被壓碎，活活塞進馬桶裡，完美堵住那個出水孔，腦漿噴得到處都是，卻無一人聽到聲響。

「妳找一下這邊有沒有路過的阿飄，問問昨晚的事。」闕擎交代著厲心棠，「我等等就回來。」

「我？找？我怎麼找啊？」厲心棠可呆了，她不是看得見的那個吧！難道要她隨便走來走去，看能不能撞到那個——咦？她全身發顫，就在剛剛，有什麼穿過了她。

恐懼……吃驚……厲心棠趕緊朝前方伸長手，試圖維持接觸，深怕跟丟了那個她看不見的——她看見踉蹌的方瑋茹，看見被拖進去的她，鬼大姐就在裡面，揪著她的頭髮，抓狂猛往馬桶裡敲，死塞活塞，直到她頭顱擠扁爲止！

『吃我的用我的，還叫我去設計人，現在居然敢在背後罵我死不足惜！到底是誰，殺了我？』

角度是從上方往下看的，事發時，這個亡者是原本就卡在這地方的鬼嗎？連這個鬼都嚇到半死，因爲鬼大姐戾氣太重了——突然間，鬼大姐仰首看向了她！

她們四目對望，連厲心棠都知道……她已經沒什麼理智了！

手臂一陣疼，闕擎抓著她的上臂往旁拖，這女人剛剛與一隻阿飄重疊著身影，整個人都僵住了。

「我讓妳感應，妳怎麼……抖得這麼厲害？」只是握她的手臂，都能感受得到顫抖，「看到什麼了嗎？」

「好可怕……是當地的亡靈在害怕，所以我才感受得到她的情緒，她被鬼大姐看到了，很怕被傷害。」厲心棠強忍著不適，把剛剛所見說了一次，「結果，變成方瑋茹騙財了嗎？」

「鬼大姐的腦迴路有問題，從理容院找到現在，她就是個認定什麼就是什麼的傢伙啊！」闕擎深深覺得這樣才可怕，「就因爲張于萱跟她不好，背後說她壞話，她就認定是張于萱殺了她，而且從頭到尾鬼大姐都沒有提過她跟人家借錢的事！」

「……對，她一直在借錢……可以說是詐騙了吧！但爲什麼她的亡魂卻覺得她是被騙財騙色？」厲心棠也想過這個了，「而且別忘了徐嘉年也是在詐騙，有沒有可能他們聯手，或是鬼大姐爲了徐嘉年這麼做，結果卻被——」

「隨便，這我不在乎，重點她是不是徐嘉年殺的？」闕擎只惦記著最後問題，「她認爲方瑋茹殺了她，卻沒提到徐嘉年的名字嗎？」

厲心棠搖了搖頭，「一個字都沒有，她說她此生被欺負得太慘，所以不會輕易放過他們。」

他們，指的當然也包括德哥跟昌仔了。

「走吧，我們去山裡那個命案現場，德哥頭身分家，絕對是鬼大姐的傑作。」闕擎又看向她，沒智慧型手機的他，當然是由她叫車。

「又要去那邊找當地的亡者嗎？」厲心棠邊說又打了個寒顫，她眞討厭那種感覺。

「總是得知道昨晚他死前的事，或是——」闕擎忽地背脊發涼，挺直了腰，僵硬的看著在滑手機的厲心棠，「厲心棠。」

「嗯？」她根本沒在理他，「我們現在在哪裡啊，還是我開定位……」

「厲心棠。」這幾個字說得很重。

「幹——」她不耐煩的抬起頭，看見的卻是闕擎頸前，那條彎著的繩子……她戰戰兢兢的往上看。

那個鬼大姐，就吊在他們的正上方！

「噫！」厲心棠被嚇得不輕，她下意識雙手掩嘴的踉蹌，整張臉瞬間刷白。

那是……鬼大姐？她已經完全認不得了，那張臉看起來比店裡刻意裝扮的惡鬼還要凶惡了。

「有話好好說吧？」闕擎冷靜自制，繩子爲什麼是勾在他頸子上？業主是厲心棠吧？

「我自己，把欺負我的人解決了，嘻……呵呵……」鬼大姐笑了起來，「你們該看看他們死前的樣子，怕我了……終於怕我了！」

「大姐，可以找個地方說話嗎？」闕擎一心只想把頸子上的繩子挪走。

鬼大姐果然離開，闕擎稍稍舒口氣，看著眼前說不出話的厲心棠。

「她……不是……」

「她是，她殺了四個人了。」闕擎拍拍她的肩，「我說了，百鬼夜行裡都是妳朋友，而且沒有厲鬼，恭喜妳見到第一個喔！」

闕擎轉身搜尋，看見了在附近防火巷前的飄忽繩子，與一般人以爲的不同，日正當中其實是陰氣強大時，他們能看得更清楚，鬼大姐也很會挑時間。

他們移動到窄小的防火巷裡，現在所有人目光都在熱炒店外，的確沒有人會留意到他們。

「所以方瑋茹他們欺負妳……但他們說投資妳的店，結果店卻沒有開？」闕擎站在前方，刻意與鬼大姐拉開距離。

「因為我死了啊……對，我被殺了，我怎麼開店！」鬼大姐冷冷的笑著，「一群噁心的人，甚至還強暴我，我回想起來就想吐！」

「強暴……是那兩個男的嗎？」厲心棠緊張的抽口氣。

「是啊，我覺得他們很噁心，但是……」鬼大姐已經沒有一開始的悲傷，她已經被仇恨填滿。

她想起了與方瑋茹他們在一起的時光，全都是忿忿不平的片段。

方瑋茹喜歡用她的東西，名牌口紅、香水，甚至穿她的衣服、揹她的包，而且總是要一直討要才會還她；方瑋茹還喜歡對別人說她很好把，或是刻意把她介紹給一些奇怪的男人，都說大家可以做朋友，一起玩。

然後是大家喝得茫了，昌仔趁機亂摸她，她總是推開，但下一秒又被抱住……接著是他拿出五萬元說要投資她的店那晚，在小小的房間內她被壓上了床。

「跟德哥就在那間店面的裡頭，只有我們兩個人……我就是覺得噁心，而且方瑋茹全部都知道！」鬼大姐咬牙切齒，「她還笑我被昌仔上只拿五萬元很蠢，難道不是他們設計的嗎？」

「是這樣嗎？那錢呢？」厲心棠完全不敢否定她，現在的鬼大姐像是動輒就會殺人的傢伙。

「錢……錢？」鬼大姐略顯疑惑，又想起自己在屋子裡翻找的景象，「是他們拿走了對吧？我找不到我的存摺跟提款卡，那些錢都被他們拿走了！」

「昨晚有問出來嗎……是說，妳現在應該也用不到了啦！」闞擎平和的敘述，「至少有問到是誰殺了妳嗎？」

鬼大姐沒說話了。

她覺得是昌仔或德哥，但昨天解決完他們後，卻越發覺得不是他們兩個。

要問徐嘉年嗎？厲心棠非常遲疑，她現在覺得只要講出一個名字就像要置對方於死地一般，鬼大姐只要想起過節……或者說她似乎只會想起過節，就會覺得對方欺負她，該殺。

「還想起了什麼？」闞擎引導式的詢問。

「找到誰殺了我是你們的責任不是嗎！」鬼大姐驀地轉過來，凶狠的瞪著他們。

……厲心棠有種不祥的預感，如果他們沒找到，是不是也要成爲欺負她的一份子？

「是，但妳連自己都沒想起來，我們更要花費一番工夫。」闕擎不慍不火，他一點兒都不想惹怒對方，「我們也需要妳的幫忙，妳想起什麼都請告訴我們……」

「我什麼都想不起來！我只知道我的錢不見了，我怎麼找都找不到，有人把我的錢拿走了！那個男人！」鬼大姐瘋狂的吼著，「然後他打我，我被推倒、被掐死——我被殺了！」

尖吼聲最後形成一種高分貝的難懂語言，但尖銳聲音依舊穿透著大家的耳膜，痛得令人想掩耳卻不敢。

因爲，鬼大姐是在闕擎面前怒吼的，她的嘴已經大到幾乎可以一口吞下闕擎的頭顱了。

誰都感受到那強烈的怒氣與殺意，甚至是對他們。

闕擎不動聲色，他甚至刻意避開與鬼大姐對視，一直以來都是如此，不要讓鬼注意到他瞧得見他們，現在則是不要讓鬼大姐覺得被挑釁。

闕擎連「蔡瓊燕」這個名字都不說，因爲不確定鬼大姐是否正是本人的前提下，就怕萬一說了，她又……覺得對方是害死她的人就糟了。

「知道了，就快了。」闕擎看著地板，語帶恭敬的說。

「我不會再任人欺負，害我的人，傷害我的人，殺我的人，我全部都要他們付出代價！」鬼大姐喃喃唸著，幽幽旋身。

「……鬼大姐，」厲心棠忍不住問了，「妳有想起妳的孩子嗎？」

事發至今，殺了這麼多人，但她後來都沒再聽見鬼大姐問一句她的孩子呢？

鬼大姐似有頓住一秒，但卻沒有任何回答，身影漸淡的消失在正午的陽光中。

「我現在連個名字都不敢說了。」厲心棠嚇得都快走不動了，「她的情緒除了殺之外，我什麼都感受不到。」

「都那個樣子了，正常。」闕擎轉身走出巷子，「我會爲凶手默哀三秒鐘。」

等鬼大姐找到眞正殺掉她的人，那個人下場應該會很慘，反正殺一個也是殺，十個也是殺，一旦開了殺戒就是這樣。

「不過，她爲什麼自始至終都沒有想到那個人呢？」厲心棠不解的是這點，「難道因爲太痛苦，所以忘了？可是她明明這麼的恨！」

「也或許是潛意識裡不想面對現實，也說不定其實是眞的愛那個人。」闕擎抱持不同看法，「不過，連孩子都沒問了，其他也不意外，她就是個只在意自己的人。」

是啊，如果林投樹下的女屍是鬼大姐的話……那她是否還記得，在她吊死的腳下，還有一個未滿週歲的嬰孩屍體啊？

小矮個兒警察筆直的走進上階梯，值班員警出面打招呼，「嘿！您好。」但那警察完全沒有回應，兩眼發直的逕朝裡面走去。

「請站住！」員警們提高警覺，二話不說攔下了他，「請問您是來做什麼的？」

「信。」矮個兒警察持續想往前走，「一定得看那封信！」

「什麼？喂，請後退喔！」警察不客氣的抵住他，但他卻堅持要往前走，

「你再往前，我要依令逮捕了喔！」

「有一封信一定要立刻打開來看！」矮個兒警察大吼著，「那封信很重——」出來支援的警察立即進行壓制，對這不同轄區的同仁感到莫名其妙，爲什麼

直接就想走進裡頭卻什麼都不交代？他被壓制在地上時，又開始重複說著剛剛一模一樣的話語。

「信，一定得看那封信！」

「到底什麼東西？」其他警察丈二金剛摸不著頭腦，「你是誰？哪一區的？」

「有一封信一定要立刻打開來看！」

一名老警察蹲了下來，拿手在他面前晃了晃，結果這矮個兒警察竟眼都不眨。

「去找找，這兩天有沒有寄來的信還沒拆的。」老經驗的警察低喃著，「他這樣子不對勁。」

「是中邪了嗎？」也有相關經驗的警察緊張的問。

「有點像……把他銬在裡頭，我們先找信！」老警察起身，其他人便聽令的將這位矮個兒警察拖進警局裡，先銬著再說。

接著警局裡就是一陣兵荒馬亂，大家尋找這兩天的信件，終於在文件匣裡，找到了一封比明信片還小的卡片信封。

「這麼小……」老警察反覆看著，上面只有寫警局名字，但轉到背後，在封口處寫了「重要」兩個字。

老警察即刻拆開，裡面只有一張字條：「林投女屍可能叫蔡瓊燕，她的男友叫徐嘉年。」

一時之間，老警察還有點恍惚，幾秒後方才意識到這是封重要的信啊！下屬接過紙條，下一秒整個警局都沸騰起來，有疑似女屍的名字了！連男友名字都有，這簡直天上掉餡餅啊！

「快點！一組人馬去查蔡瓊燕！另一組去查徐嘉年！」

「找找看這位蔡瓊燕的齒模，立即去驗屍官那邊比對！」

老警察喜出望外的來到長椅邊，朝那個矮個兒警察喊著，「你怎麼知道要叫我們找這封細信？誰叫你來的？」

只見矮個兒警察突然一怔，原本完全不動的眼皮眨了眨，接著十分困惑的看著眼前忙碌的景象，陌生的警局，最後終於望向身邊的老警察。

「我……我怎麼在這裡？」他大吃一驚，想移動卻發現自己的手竟被銬住了，「咦？我做了什麼？爲什麼對我上銬？」

老警察看著他慌張的模樣，沉吟了幾秒，「你不記得了？你剛剛什麼都不說，直接闖進來。」

「這怎麼可能？我不是……我剛剛在熱炒店命案現場啊！」矮個兒警察的腦子一片空白，「我眞的還在那邊處理案件，就昨天的馬桶命案！」

「你是129轄區的？離我們這裡很遠啊！」老警察即刻爲他解開手銬，「你的當事人叫什麼名字？有資料吧？」

「……有，都很清楚，連帶還有另一起車禍命案，那是另一個轄區，但是跟我的當事人是朋友！」矮個子也察覺到不妙了，簡單的與老警察交換資訊。

「再來一組人，查一下方瑋茹與蔡瓊燕之間的關係！」老警察聽完後再下令，「再聯繫334轄區，昨晚墜橋車禍的男子，最後併成一案清查！」

矮個兒警察留意到自己遠從二十公里外的地方前來，竟然一點印象都沒有？這未免太玄。

「我連我怎麼來的都不記得……請問，蔡瓊燕案是？」

「林投樹下的無名女屍。」

第十章 渣男

便利商店下個月即將更新促銷主題，這晚大夜的厲心棠非常忙碌，她又擦玻璃又換海報的，還得更改架位，明天起又要迎接一波新活動。

好不容易得空可以休息時，天已經快亮了。

凌晨四點，厲心棠自己吃著過期的便當，泡了杯大杯拿鐵，坐在櫃檯裡吃著，新聞不停輪番播報的林投樹下的無名女屍，已經證實是位叫做「蔡瓊燕」的女性，接下來將尋找她的親屬與朋友。

在尋找親人前，警方也發現到了離奇之處，例如數日前慘死的方瑋茹等人，竟是她的「密友」，甚至也找到了一間店面的房東，他指證歷歷的說，看過她與其他四個人一起來看過店面。

『就他們四個，就很難忘記啦！有一個很壯又很凶，但蔡小姐人很好啦，又很漂亮！』房東臉部馬賽克，『他們一起來看店面的，說要開服裝店，本來都說好要簽約了，結果後來蔡小姐突然又跑來，說暫時不簽，會再聯絡我……』

『然後就沒有再聯絡了嗎？』

『對啊，我打電話去都沒人接，比較可怕的是她朋友還有來找我，居然說是我反悔要租給別人，還說要給我打！』房東嘆著氣，一副了然的樣子，『我跟他說話不能這樣講，是你們反悔不是我捏！我才知道居然是蔡小姐黑白講！』

隻手托著腮，厲心棠看著正前方的電視，她眞的覺得鬼大姐……對，她現在有名字了，蔡瓊燕到底有幾句是眞話？

她讓朋友投資她開店，結果卻反悔不簽約，還把鍋推給房東？她都快搞不清楚誰說的是眞話，誰說的是假話了。

警方也找到了她的租屋處，裡面空無一人，而且看起來許久沒有人居住了，同時循線找到了她在房東那邊留的地址，屋主正是徐嘉年。

『警方今天找到了徐姓男子的住屋處，從現場遺留的血跡反應判斷，這裡極有能發生過打鬥。』記者凝重的說，『街坊鄰居之前常看見蔡瓊燕出入徐男的居所，所有人都認爲他們是男女朋友，而且不久前蔡瓊燕還爲徐男生了一個孩子。』

按照年歲計算，只怕就是一起埋在土裡的嬰孩了吧？厲心棠想像那畫面，不禁悲從中來。

『根據信箱裡的信判斷，徐男可能至少消失半個月了，現場曾有打鬥痕跡與清理的血跡，徐男的白色豐田也正在搜查中……徐男目前是重大疑犯，警方呼籲自首，也請大家留意，如果看到以下的車子或是人，隨時通知警方。』

電視終於放出了白色的汽車、還有徐嘉年的照片。

「百鬼夜行」裡的大家會看電視，她不知道眞的在外面的鬼會不……叮咚！

「歡迎光臨！」她下意識的趕緊站好，看向門口喊著。

自動門是開了，但沒有人。

她是不知道剛剛是否有人經過，讓敏感的自動門感應到開啓，但是她沒忘記前天晚上的情況。

自然，假裝沒事……她腦海裡想起闕擎的話，他平時都是這個樣子，開啓無視……但是，米白地板上的腳印，實在很難讓她無視啊！

那和泥帶血的腳印，就這樣憑空的出現在店裡，還眞的一步一腳印的……往櫃檯這邊來了。

無視無視，她這麼告誡著自己，她之前都沒遇到這種事啊，爲什麼會突然遇上？是因爲最近都跟鬼大姐在一起嗎？還是因爲遇上闕擎……她現在已經不覺得亡者是好相處又善良的了，離開了「百鬼夜行」，根本是另一個世界。

腳印停在櫃檯前，厲心棠雙眼盯著手機，她也的確什麼都沒看見，就這樣自然的做她的事情，如果她回應了，這個亡者絕對立刻纏上她……上架！對，她可以去上架！

匆匆的假裝去整理貨架，盡可能不看地上那組腳印，她突然深刻體會闕擎的感覺，如果是平常就看得見的人，那該有多痛苦？看也不是、不看也不是，尤其萬一被纏上的話，便吃不完兜著走了！

爲什麼……這些死去的人看不見他們該去的道路呢？因爲恨？因爲怨？因爲心有不甘……鬼大姐就是如此，她忘記了自己、忘記了一切，卻記得被殺的痛與恨，以及被「騙財騙色」的忿怒。

恨支撐著她，寧可成爲厲鬼也不願住手。

難道人死後，就只剩下恨了嗎？鬼大姐明明還有兩個孩子……不，三個，那襁褓中的嬰孩又是誰殺的？

回過神時，厲心棠才發現地上的足印已經消失了，叔叔在她堅持要出來工作時就說過，她或許會遇到其他不熟悉的魍魎魑魅，那些人都跟「百鬼夜行」裡的人不一樣，務必萬分小心。

叩，細響引起她的注意，厲心棠蹙眉循著聲過去，看見冷藏區的鮮乳瓶前傾，倒了一半出來。

「奇怪我沒擺好嗎？」咕噥著，她重新將瓶子擺正。

從貨架中間走道走向櫃檯時，赫然又發現了那組腳印，一步步的朝著外頭走去……厲心棠佯裝無事的重新繞回櫃檯裡，看著腳印離開店裡，她忍不住朝外頭探視，卻突然在路燈下，發現了模糊的影子。

那是一個女人的背影，她懷裡抱著一個嬰孩。

她不敢久看，趕緊別過頭去，母子俱亡的亡者嗎？跟鬼大姐很像……但是鬼大姐從出現開始，除了她之外，也沒見她帶上幼子。

是因爲忘了自己是誰，也忘記了腳邊的孩子？但孩子不會想跟著媽媽嗎？

她不懂母子之情，一輩子都不可能懂，因爲——

她也是那個被埋在土坑裡的孩子。

所以鬼媽媽是來找牛奶給孩子的嗎？就像那晚……等！

咦咦咦！厲心棠突然直起身子，再仔細看電視新聞——那個男人！只是憔悴削瘦了點，還多了鬍渣，但是她記得！

那天到她便利商店買牛奶的男人，他身後還跟了兩個小男孩！那天他們說要去哪裡？她得用力想一下，他跟小孩子說城堡在J市，有城堡有美食……她追出去給巧克力時，他們確實站在一台白色的汽車旁！

就是他！那天他們已經在逃亡了嗎？倒回去算，那正是蔡瓊燕屍體被發現的後幾天！

J市！他人在J市！

王思鳳關掉手機，獨自一個人坐在餐桌邊，林投女屍的新聞已經沸沸揚揚，舉國皆知，那一張張照片與名字到處都是，她再傻也知道，不是同名同姓。

因爲存摺上的名字，就是「蔡瓊燕」。

她不是傻子，每種跡象都符合，要她怎麼想？

徐嘉年帶著蔡瓊燕的兩個孩子逃亡跑到她這裡來，他們平時只有通訊軟體聯繫，而且鮮少人知道他們還有在聯絡，J市距離他們住的A市又很遠，只怕他週遭的人也不知道她這個人的存在。

躲到這裡來正好，而且他還刻意蓄了鬍子，與電視上那個白淨斯文的臉蛋截然不同，昨天問他要不要刮鬍子時他也婉拒，原來一切都是有所圖。

讓她拿著蔡瓊燕的存簿印章去取款，是想取出所有錢嗎？那本子裡面也只不過剩下二十幾萬，並不算多，只是她連著數日去取款，已經取出了大半，今天她刻意多翻了前幾頁，在她取款前一天爲止，都還有數筆提款的紀錄。

林投女屍已經死亡半年，所以基本上本子半年以來的使用者，就只有徐嘉年一個人對吧？

她不由得想起某個林投樹的傳說，那個被丈夫朋友騙光錢財的女人，在孩子均因飢餓與疾病身亡後，她便在林投樹下上吊自盡；然後有人在夜半經過那片林投樹下時，常會遇到一個女人買東西，紙幣卻往往在隔天成了冥紙；也有人說，上吊後女人化作怨魂，遠渡重洋去找男人算帳，發現男人早已另結新歡還生了孩子，因此附身讓他親手殺了自己的孩子……

想到後面那個傳說，王思鳳忍不住打了個寒顫，應該不會有這種事吧？她都死半年了，如果眞的變成怨魂……要是把她認爲是新歡怎麼辦？她可不是啊！

沙，輕微的腳步聲在背後響起，王思鳳倏地回首，嚇見徐嘉年站在她身後！

「呀！」她細叫出聲，「你嚇到我了！」

「啊抱歉！」徐嘉年也向後顫了一下身子，「我不習慣穿拖鞋！」

王思鳳撫著胸口，她才剛想到什麼鬼啊怨靈的，他就這樣冷不防的站在身後，誰不嚇啊？徐嘉年連聲說著抱歉，拿著馬克杯往廚房走去，手上卻捲著……睡袍上的繫帶。

王思鳳想起了林投樹下吊死的蔡瓊燕。

「你繫繩怎麼拖那麼長？」她大膽的問，徐嘉年的左手上纏了一圈又一圈的繩子，還留了一大截垂落。

「啊，」他低首一笑，「我不習慣綁，這又有點麻煩，我剛索性把它抽起來了。」

如果……他右手也纏著繫帶，站在她身上，隨時都可以——不！嘉年不是那種人，他是她見過最善良的人啊！

徐嘉年倒著開水，神情依舊如常的平和，他永遠是這樣與世無爭的模樣，只要喚他，他對上你的眼睛時，都會帶著笑容。

「嘉年。」王思鳳喚了他。

「嗯？」抬首的他，果然下意識的劃上了微笑。

「你今天看新聞了嗎？」她不知道爲什麼要這麼蠢，她爲什麼要這樣直接問他。

徐嘉年嘴角的笑容僵住了，他凝視著王思鳳，然後別開視線，專注於手上的開水；水倒滿了馬克杯後，他放下水壺，站在原地，雙手撐著流理台面，狀似沉思。

「我沒想過瞞多久，從她被發現開始我就有預感了。」徐嘉年勉強擠出一抹笑，「只是希望能躲多久，就多久吧！」

「何必呢？她的自殺不關你的事，你只是……跟她交往而已！」王思鳳心疼的奔到他身邊，「你躲起來，反而變成通緝犯，大家會以爲你牽涉其中……」

「我的確牽涉其中啊！」徐嘉年實話實說，「新聞上到處都是我照片了不是嗎？」

想必手機應該也很多人打，只是他的手機……他早就扔了。

王思鳳只是難受的安撫著他，她沒有忘記，林投樹下有兩具屍體，一具是女屍，另一具是……未滿一歲的嬰屍。

「我陪你去警局好嗎？我們去說明一切。」她輕聲的說著，「我會陪著你。」

徐嘉年看著她，沒有回應，只是強忍著淚水般，深呼吸後別過了頭。

王思鳳不敢問嬰孩的事，她想的情況更糟，是否蔡瓊燕帶走他的孩子，報復性殺死後再自殺？

究竟發生了什麼事，能讓他們如此反目，還害得徐嘉年失去了自己的孩子？

「明天我想跟妳借車。」

「咦？」

「我想帶那兩個孩子去安全的地方，他們也不適合再待在我身邊了。」徐嘉年聲音很輕，怕吵醒睡夢中的兩個孩子。

「安全的，地方？」這詞語用得很奇怪。

「嗯，我說實話，這裡我也不宜久留……不是嫌棄妳，是怕拖累妳。」徐嘉年用力做了個深呼吸，「我需要代步工具，做好準備我就會把車還回來。」

王思鳳看著他，有點難受的哽咽，「我不怕被你拖累……徐嘉年，你都住在我這兒幾天了，現在跟我說拖累不……」

「不，妳不懂！我說的是別件事。」徐嘉年突然斂起下顎，微微顫抖，「最近有四起命案……都是她的朋友。」

「什麼？」王思鳳聽不明白，「誰的朋友？」

「事情沒有那麼簡單的，我知道。」他已經全部盤算好了，事情還是要按照計畫去做，「妳信我，就暫時不要問那麼多，我會讓妳明白的。」

信他？王思鳳心底其實有好多疑問，但此刻看著他那誠意滿滿、甚至盈著淚水的眼神，她竟心疼起來。

王思鳳最終點了點頭，她絕對是支持他的人。

「我眞的後悔沒跟妳在一起。」徐嘉年又說了一句，「我有個禮物想送妳。」

「什、什麼禮物啦？」王思鳳尷尬的擺擺手，「都什麼時候了還亂花錢。」

「一份心意而已……」徐嘉年扶著她的雙肩，將她轉而背對著自己，「這樣站好，不要回頭喔！」

咦咦？……王思鳳只覺得心頭小鹿亂撞，這是徐嘉年第一次送她東西耶！

即使蔡瓊燕的命案在前，但此時此刻，她還是貪戀著與徐嘉年在一起的時光，她就是那麼喜歡他啊！

「閉上眼睛。」聲音輕柔的，在她耳畔響起。

王思鳳因害羞而顫抖，她緊張得連換氣都有障礙，闔上雙眼，感受到頭髮被撩起，男人的手由後繞到她頸前。

因爲要前往J市，所以厲心棠緊急跟同事調了班，她挪動一天特休，因爲到J市來回一天內是趕不回來的；她與闕擎坐火車前往，闕擎眞是個寡言的人，他完全沒有要跟她聊天的意思，就只是聽著音樂，閉目養神。

但是……鬼大姐就不一樣了，她就在附近不知道哪個角落自怨自艾，不停喃喃說著自己飽受欺凌的一生，怨氣持續上升，讓她無法安心睡覺，多怕鬼大姐突然不爽，責怪她動作太慢。

她反覆看著這幾天的新聞，也咀嚼了鬼大姐的自白，老實說沒有一方的說法兜得攏，不是有一方在說謊，就是事實大家看到的、想的不一樣。

鬼大姐還在自己可悲的身世中，似乎並沒有注意到外界的事物，她也發現到亡者只會看得到自己想看的事情，所以新聞再鋪天蓋地，也沒有吸引鬼大姐的注意。

至今，鬼大姐都沒有去留意蔡瓊燕這個名字，她眞的是跟著他們，一步步找回自己生前的足跡，直到找到殺死他的那個人。

下車前兩站時，闕擎說要去洗手間，直到車子到站後，人都沒回來，厲心棠先匆匆下了車。

結果一下車，看見他跟一個陌生女人有說有笑，還蹲下身子摸摸女人帶著的黃金獵犬。

「這麼可愛！你有個對你很好的主人喔！」闕擎開心的跟黃金獵犬說話，露出的是燦爛的笑容。

眞的是燦爛，是厲心棠完全沒見過他那麼好看的笑顏。

他與狗主人一同走向她，禮貌的跟主人道別，又彎下身再摸摸狗的頭，眼睛都笑彎了，「再見了喔！」

哇！厲心棠覺得他應該常笑的，闕擎笑起來可眞好看耶！

「你很喜歡狗喔？」她很好奇。

闞擎轉過身的瞬間，笑容盡失，又恢復成冷淡的臉，「走吧！」

咦？那什麼？變臉嗎？這變得也太快了吧，前一秒還眉眼俱笑的跟人家道再見，下一秒變成爲一副死人臉了！

「喂，你也差太多了，剛剛那樣多好看！」厲心棠嘟囔著追上來，「一轉過來好像我欠你八百萬喔！」

「嗯哼。」闞擎根本沒在理她，逕自出了站。

出站後有計程車在招攬，也有腳踏車跟共享機車，但重點是他們根本不知道要去哪裡。

「所以呢？」闞擎轉向她，一大早吵著要到J市來的人可是她。

「腳踏車就可以了，沒幾公里！」厲心棠快步走向共享區。

「我們到底要找誰？」闞擎看見訊息就直接在火車站會合了，一個字都沒問，三個小時的車程中，也沒提過這個問題。

現在到了J市，就開始有問題了喔！

「我研究了他的社群網站，找到好幾個住在這裡的朋友，有個人每篇都有回應——而且他們是相互積極回應。」刷卡租車，厲心棠牽出腳踏車，「我覺得就是她。」

「誰？」剎那間，蔡瓊燕的身影擋住了她的去處。

厲心棠差點沒嚇到翻倒腳踏車，鬼大姐怎麼突然衝出來了！

「妳剛剛說，徐嘉年。」鬼大姐擰起眉，「一直提起這個名字，徐嘉年……徐嘉年……」

「認識的嗎？」闕擎倒是直接提醒，厲心棠緊張的阻止！

他提醒鬼大姐做什麼啊？要是她隨便想起一次紛爭，等等徐嘉年又變屍體了！

有個在她心情不好時，會帶她出去玩的男人，在她月事來疼痛不已時，會親自爲她煮紅豆湯的男人，他對待孩子極好，也總是喜歡摸著她的臉，說這輩子沒有她怎麼辦！

但是，這麼好的人……她怎麼記憶這麼薄弱？那會是她的丈夫嗎？

『徐嘉年！這到底怎麼回事？』

『妳冷靜一點！燕子！』男人的手臂抓住了她，『住手！』

他們在拉扯，她拼命的想往門口去，那個人拉住了她，她終於被迫還擊，抓起能抓得到的物品砸向對方。

然後又是一番推擠，她被摔在地上，撞到了桌角，緊接著……她就不能呼吸了！

「啊……」鬼大姐扣住自己的頸子，「我被掐住了！是那個男人對不對……徐嘉年？」

「等、等一下！」厲心棠忍不住出聲制止，「大姐，妳已經連殺四個人了，每一個妳都曾經說他們是凶手，我們這次可以多想一下嗎？」

「有什麼關係！就算他們不是殺我的人，也都是把我逼向死路的人！」鬼大姐凶惡咆哮，「我怎麼會忘記那個人……他在哪裡？長什麼樣……」

鬼大姐瞪大殘虐的雙眸試圖回想，闕擎看得出來她好像眞的想不起來徐嘉年的模樣……如果他眞的是凶手，那還眞妙！

「我們正要去找，如果……找得到的話！」闕擎直接跨上腳踏車，「請冷靜點吧，鬼大姐，至少等我們問完話。」

厲心棠戰戰兢兢的牽著腳踏車繞過在原地仍在喃喃唸著的蔡瓊燕，才趕緊追上闕擎，她其實一點都不想讓鬼大姐找到徐嘉年，她感覺只想屠殺，就是又會亂殺一個人。

「妳知道位置，帶路。」闕擎緩下車速，對她喊著。

「我哪知道位置啊……」她咕噥著，她只是就對方曾打卡的地點來找，到了那邊……她想著是利用闕孥的催眠，看能不能問出那個女生的下落。

他們陸續依照那位叫小鳳的女子的社群，找到了打卡過的飲料店、咖啡廳及麵館，最後在一間普通的自助餐店裡，連催眠都用不上，就知道了訊息。

「哎呀，小鳳啦！她最近越來越漂亮捏，交男朋友了！」老闆笑嘻嘻的說，「聽說是暗戀很久的那個男生來找她了！」

「是有什麼好！來找她還帶兩個小孩！」旁邊的阿姨沒好氣的唸著，「看起來想丟包給小鳳！」

兩個孩子！厲心棠雙眼一亮，是徐嘉年沒錯了吧！

「我看那個男的也覺得不是什麼好東西，他們來吃飯，都小鳳在付帳，還給他們買新衣服買玩具的，那個男的好意思？」老闆娘也出口，「我說還是突然過來的，小鳳都不問，這不是很奇怪嗎？」

哇！厲心棠完全沒有插嘴的機會，徐嘉年應該沒到這裡多久，怎麼大家都對他有意見了……帶著蔡瓊燕的孩子來投靠一個暗戀他已久的女人，吃穿都用女孩的，厲心棠打心底覺得有點不妙。

「抱歉，我就是在找小鳳！」厲心棠自然的接話，「但是我刪掉她的電話了，還是請你們幫我聯繫她？」

「嗄？聯繫？」員工們面面相覷，互問著誰會有小鳳的電話？「沒啦，我們沒她的電話啦，不然妳去二十八巷口那邊問問，那個里長啦，他可以帶妳去找她！」

「謝謝！謝謝！」一得到消息，厲心棠就急著要轉身，但鑲在高牆上的電視又開始播放新聞焦點。

『本日林投女屍有突破性進展，法醫初步判定，死者可能並非上吊輕生，而是先被殺死再僞裝成自殺！』記者身後是那片林投樹林，『由於死者家中財物短少，警方認爲這恐怕是起謀財害命事故。』

騙財騙色、被拿走的存摺、被欺騙的感情……她心底覺得凶手根本就是徐嘉年了，這傢伙只怕也不是什麼好東西。

那麼——厲心棠倒抽一口氣，立即轉身衝了出去。

「有問到嗎？」在外面的闕擎依然一臉從容。

「快點走，我怕那個小鳳也會出事！」厲心棠慌張的去牽車。

爲什麼跑來投靠一個暗戀他許久的女人？公司同事說徐嘉年對誰都好，就像個中央空調，問題是誰都暖的人不就是時下所謂的渣男嗎？

他如果騙走蔡瓊燕的錢並殺了她，那這個愛戀他的女人下場還會好嗎？

焦急忙慌的衝到二十八巷口，巷口三角窗便是里長家，厲心棠表明她是小鳳朋友，但手機通訊錄被刪掉無法聯繫，請里長幫忙。

「朋友喔……」里長很懷疑，因爲年紀差有點多。

「我們是她男友的朋友。」闕擎突然補了一句，厲心棠都覺得莫名其妙。

「哦～那個朋友喔！啊他早上好像開車出去了捏！」里長翻找著里民聯絡簿，「我早上還在門口看到她的車，不過開車的是男朋友啦，我跟他說這邊前面是單行道厚，他不可以直接右轉啦！」

開車的是男人？「那小鳳呢？」厲心棠緊張的問。

「她要上班吧？沒看到捏！」里長按著手機，碎碎唸，「是說那個男的好像不必厚……」

男的開著女人的車走了嗎？厲心棠緊張的揪著衣角，而里長試著打電話，卻得到無人接聽的結果。

厲心棠心涼了一半，來不及了嗎？

「她應該是快回來了啦！」里長帶著他們往外走，「還是你們就在這裡等，我去貼個條子，請她回來跟我聯絡？」

「那我們可以直接到樓下等她吧？」厲心棠積極得很。

里長果然皺眉，直接搖頭拒絕，「人家沒有要讓妳知道她家，妳去幹嘛？」

唔……厲心棠尷尬的退後，說得也有道理，如果這麼容易就能打探到某人家的地址，那這個里長就真太失職了。

只是里長才一推門，就看見一個路過的女人——「小鳳啊！」

咦？聽見這聲吆喝，厲心棠急急忙忙衝了出去，只見一個身影正準備轉進巷子裡，聽見里長吆喝後愣愣的停下腳步。

闕擎慢條斯理的跟上，雙眼卻在梭巡著鬼大姐是否在附近。

「是？」王思鳳愣愣的問。

「小鳳？」厲心棠走到她面前。

「妳是？」王思鳳狐疑的蹙眉，她看著眼前的女孩，不認識啊。

啊……厲心棠即刻揚起微笑，勾住她的手，「好久不見，妳都忘記我了！」

什麼？王思鳳下意識的想掙扎抽離，她不認識這個女生啊！

「沒有惡意，只是想問徐嘉年的事，妳也不希望我們大聲嚷嚷，說殺人疑犯在這裡吧？」闕擎從容的繞到她右手邊，用絕對虛假的笑容快速說著。

王思鳳當下噤了聲，她不敢作聲的僵在原地，厲心棠跟里長笑笑打招呼道謝，便推著王思鳳往前走……唉唉，她覺得自己這樣好像綁架犯喔！

「對不起……我不是故意的！」一進舊公寓，厲心棠連忙道歉，「我們只是在找徐嘉年而已！不是故意要威脅妳的。」

王思鳳戒備般的望著他們，「找他做什麼？」

「想問他在蔡瓊燕的案子裡是什麼角色。」闕擎關上樓下鐵門，「還有那晚發生了什麼事。」

王思鳳轉頭就往樓上走去。

早上嘉年開著她的車，帶著兩個孩子離開了，說事情處理好後，會盡快回來。

「我沒有問，我也不知道。你們問錯人了。」

「那是因為妳喜歡他吧！他也知道，所以他利用了妳！」闕擎自然跟著走上，「利用妳的愛慕，讓妳成爲隱匿犯人的共犯，妳也不想想，他帶著兩個孩子到這裡是爲了什麼？他是不是跟妳說了甜言蜜語，什麼早知道選擇妳之類的話？」

才上兩階的王思鳳一凜，握著樓梯扶欄的手握了緊。

哇塞！厲心棠望向闕擎，他說話怎麼這麼直？未免太傷人心了，況且又沒有證據！

「其實也不一……」她試著想緩和氣氛。

「光看外表也知道，妳知道蔡瓊燕多正嗎？人都是視覺動物，尤其男人，就妳這身材跟外表，一定是需要日久生情，妳覺得一個男人跟辣妹在一起又有了孩子，會突然轉身跑來跟妳告白，這正常嗎？」闕擎絲毫沒有留情，話語如刀，一刀刀剮下，「醒醒好嗎？我們也是在幫妳，弄不好說不定妳就是下一個吊死在林投樹下的目標。」

王思鳳氣到都在發抖了，她很想反駁，但知道她的說法絕對站不住腳！因為她早知道嘉年絕對發生了什麼事，尤其……他的女朋友半年前就死了，但是嘉年卻隻字未提！

「闕擎！」厲心棠追上前拉住闕擎，「你說話留點口德吧！」

「我在說事實，她都被迷得神魂顛倒了！新聞這麼大，她不可能不知道蔡瓊燕已經死了，而且徐嘉年就在剛剛正式成為被通緝的對象了！」闕擎繼續跟著王思鳳上樓，也未曾住口，「他對妳而言可能是白馬王子，但對吊死在樹下的蔡瓊燕而言——」

「閉嘴！」王思鳳不悅的吼著，快步衝上四樓，拿出鑰匙就要開門。

唰——一條繩子，倏地從樓梯扶把的縫隙間垂直而下！

咦？王思鳳拿著鑰匙的手僵了住，她家樓上……沒有住戶了。

誰在樓上？

她手不自覺的開始發抖，緩緩向上方望去，牆上隱約的站著一個影子，那是個人影，他有著細到詭異的脖子，中段像是要斷掉似的，然後還有條繩子？

咦！厲心棠眼明手快的即刻把王思鳳往後扯，「大姐！不要鬧！還沒確定！」

什麼？王思鳳跌到闕擎身上，羞得趕緊推開他穩住身子，樓上到底是誰？那影子太奇怪了，而且爲什麼樓梯間突然變得這麼暗？今天炎熱異常，光卻像照不進來似的。

「他另結新歡，原來隱瞞著我，早就有別的女人存在了……」聲音是從上方傳來的，厲心棠就站在王思鳳家門口，朝上緊張的看著那映在牆上的可怕身影。

「走！」闕擎伸手拉過王思鳳，就往樓下跑！厲心棠也不敢留下來！

「拿走我的錢，送給其他女人嗎？」蔡瓊燕的聲音開始變得瘋狂，她在笑啊，「哈哈哈，哈哈哈……我生前是有多蠢啊，竟被欺騙到這個地步！」

王思鳳一邊往下跑一邊搖著頭，「什麼另結新歡……我不是誰的女朋友，妳是誰!?」

她慌亂的回頭問向闕擎，這是怎麼一回事?

「蔡瓊燕。」闕擎連婉轉都懶了。

蔡……蔡瓊燕?王思鳳愣住了，她不是那具林投女屍?已經死了半年……了……嗎……她都跑到三樓了，但縫隙間的繩子依然垂下，上方的樓梯出現了一雙帶土腐爛的腳，緩緩的走下了!

「哇呀!」王思鳳嚇得失聲尖叫，後退靠上白牆。

厲心棠快速的繞過她，超前往下，拉著她繼續往下走，他們必須離開這棟樓!

王思鳳雙腿打顫得厲害，但她還是知道要逃，慌亂的直往一樓衝，卻在某個轉彎時用力過猛，整個人踩滑，直接從樓梯上摔下來!首當其衝就是壓往厲心棠，她轉身就抵住。

但因爲王思鳳身體「質量」很高，厲心棠單薄的身軀根本無法抵住，結果換她腳跟一滑，也跟著往下摔去了。

殿後的闕擎伸手抓住了王思鳳的手，直接往自己身前拽。

「鬼大姐，妳不要只想著自己很可憐，她眞的不是新歡。」闕擎左手拉回王思鳳，人卻朝上喊著，「說不定她跟妳一樣，也是個被欺騙的可憐人。」

蔡瓊燕終於是從狹窄的空間裡「擠」下來了！卡在樓梯中段，倚著牆的王思鳳大氣都不敢喘一下，看著那可怕面容，頸子被繩子勒到剩下骨頭的蔡瓊燕，她只敢在心裡尖叫！

哇啊啊啊啊——鬼！鬼！

「對……對呀！徐嘉年騙她也說不定，你們沒有在交往對吧？」厲心棠趕緊戳了王思鳳一下。

她一閉上眼，淚水便嘩啦嘩啦的落，雖然那是她心中所想，但是永遠不可能。

「鬼大姐！」闕擎加重了語氣，「不要瞪著她，妳要想的是殺妳的那個人！」

闕擎突然朝厲心棠使了個眼色！她瞬間明白，悄悄拉著王思鳳一階階往下，一樓大門近在咫尺，她們趕快衝出去，到了外面應該就沒事了吧！總是要先離開鬼大姐的勢力範圍啊！

「她、是他的女人！」鬼大姐根本聽不進去，她指向王思鳳的頸子，「那是我的項鍊！」

什麼！王思鳳嚇到了，她撫在胸口的右手食指，甚至正蓋著頸子上那條星月項鍊！

這是昨天晚上，嘉年給她的驚喜，親自爲她戴上的！

「這是他給妳的嗎？」厲心棠也終於留意到那條項鍊了。

「對……」王思鳳緊握住項鍊，這是他第一次送她的東西！

那是她的！

蔡瓊燕記得很清楚，她曾戴在頸子上，他說是百貨公司的精品項鍊，還親手爲她戴上的！

「賤貨！」蔡瓊燕盛怒異常，直接衝向了王思鳳。

「大姐！」厲心棠急忙將王思鳳往下拉，整個人甚至大膽的卡在蔡瓊燕面前，「她不是！」

那個徐嘉年是怎樣？該不會他知道身後有厲鬼追擊，故意把這種東西送給王思鳳吧？

「啊啊……啊——」王思鳳總算尖叫出聲，身上的包跟提拎的東西通通都不要了，慌亂的衝向一樓那扇鐵門。

她要離開這裡，這一切都是假的！世界上怎麼會有鬼——磅啦聲響，包上的東西散落一地，厲心棠大膽的伸手擋住蔡瓊燕，拜託她不要衝動！

「說不定是故意的！徐嘉年故意送她項鍊，讓妳以爲他們在一起！」厲心棠尖聲吼著，她知道現在再怎麼大聲，鄰居們都聽不見的！他們陷在鬼大姐的結界中啊！

王思鳳到了一樓鐵門邊，死命按著按鈕，門卻無動於衷，上頭的厲心棠都感受到蔡瓊燕的深刻恨意，既恨又悲傷，委屈至極！現在的她還沒有恨徐嘉年，卻恨透了王思鳳！

闕擎從厲心棠身邊閃身下樓，看見的卻是……散落整個樓梯的鈔票，還有那本醒目的存摺，就躺在灰色的階梯上。

蔡瓊燕也瞧見了，闕擎彎身拾起，若有所指的看向正在一樓哭喊著拉不開門的王思鳳。

「蔡瓊燕的存摺。」他看向了驚恐回眸的王思鳳，「妳去領她戶頭的錢嗎？」

「我……那是嘉年叫我去領的！」王思鳳飛快解釋，「他叫我每天提領上限，錢都不是我的，我提出來後就都給他了，我完全沒拿一分──」

誰信啊！厲心棠都傻了，這簡直是證據確鑿的情況好嗎，這下王思鳳跳進黃河都洗不清了啦！

「拿走我的錢！騙了我……」蔡瓊燕想起來了，那天她發狂在家裡翻找的，就是她的存摺！

她放在盒子裡，並且藏在冷凍庫裡，她一直以為藏得很妥當，可是那天把冷凍庫全翻出來後，存摺與印章都不見了！

她翻遍了整個家，最後質問了男人，她的卡、存摺跟印章去哪裡了？但是他看著她，手裡抱著她的孩子說了什麼？說了……

『那不是妳的錢。』

不是她的錢！蔡瓊燕看著滿地的鈔票，看著眼前那個哭慘了臉、其貌不揚的笨重女人，他居然拿她的錢送給這種女人——甚至不惜殺她，也要跟這個女人在一起？

「我也要把妳吊死，看看他還能不能喜歡妳！」

啊……厲心棠感受到無與倫比的殺意，轉身衝過去護在王思鳳面前，張開雙臂，希望鬼大姐可以看在她的面子上，停止殺戮！

「停手！」她激動喊著，但她知道……蔡瓊燕不會停的強烈殺意直面湧來，對她來說，王思鳳就是那個奪走她錢財與愛人的該死小三啊！

闕擎更快的再站到厲心棠面前，仰視著殺來的蔡瓊燕，他什麼都沒說，就只是站著，動也不動……厲心棠沒敢往上看，她完全忘記她的包裡有冷靜球，因為她的情緒被殺意感染，現在的她……甚至也想掐死身後的王思鳳。

「不……不，為什麼是我！為什麼！」蔡瓊燕突然哭喊起來，用力扯著自己頸子上的繩子，「我不是上吊自殺的，我不是！」

她拼命的想把繩子從頸子上取下，卻只傳來令人發寒的撕裂聲……「哇啊……哇啊！」

繩子是完全跟她的身體黏在一起，想要拔除繩子根本沒那麼容易，越撕扯，只是讓自己越痛苦，蔡瓊燕莫名其妙的陷入一種自我的歇斯底里中，她雙手抱頭，尖甲刺進自己的頭顱裡，瘋狂般左撞右甩，最後餘下的繩子突然向縫隙上方伸直，一秒咻地把自己拉了上去。

整個人貼在鐵門上的王思鳳哭得泣不成聲，嚇得都腿軟了，她的手依然死死的按在鐵門開門鈕上，此時此刻，突然「嗶」的一聲，鐵門開了。

這聲音劃破了恐懼，王思鳳淚眼一張，毫不思索的衝出去，厲心棠這才抬起頭，放下呈大字型的雙臂，看向恢復明亮的樓梯間，還有擋在她身前的男人。

「你……謝謝。」她不知道該說什麼，只知道冷汗濕了衣裳。

闕擎回首，「小姐，妳不是有那個透明球？有必要搞得這麼緊張嗎？」

「我……我忘記了！」厲心棠說著，突然嗚咽一聲就哭出來了，「我想到時已經來不及了，我不敢動啊！」

闕擎明顯露出不耐煩的神情，把鐵門拉開，一把拽著她的上臂推出去，外頭是一如往常的街道與走廊，平靜而美好，曬點太陽大家應該都會舒暢些。

王思鳳整個人腿軟到跪在地上，顫抖著身子痛哭失聲，闕擎手裡還捏著蔡瓊燕的存摺，他不避諱的打開來看，還眞是勤奮，一連四天，提了四天的上限額度，眼看著都快領領一空了。

往前翻閱存摺，這本存摺看得出來完全留不住錢，有錢進來便很快的流出，王思鳳最近提領的餘額也不過十幾萬。

「他還設計妳去提款嗎？要不要清醒一點？」闕擎蹲了下來，「警方未來調閱監視器，就是妳冒名去領的。」

「我……我有印章跟存摺，我只是代領！」王思鳳慌張的抬頭。

「妳到時再跟警察解釋吧！我不在乎。」闕擎突然以食指勾起那條星月墜子，「這個我得拿走。」

王思鳳下意識的再度護住，闕擎白眼都要翻到外太空了！

「我知道你們會說是嘉年故意害我的，但我覺得不是！他是個好人，對我那麼溫柔，他是說過後悔當初沒選我，但並沒有鬆口說喜歡我！」王思鳳哽咽哭著，「他也老實跟我說了，他是來還債的，帶著那兩個孩子逃躲，只希望多相處些時候，然後送他們去安全的地方！」

厲心棠聞言一驚，「什麼叫安全的地方？」

王思鳳微顫著，驚魂未定，手還扣著那條項鍊不放；厲心棠見狀，溫柔的搭上她的手，示意她放開。

「我不覺得妳一直戴著她的項鍊是好事。」她輕聲說著，王思鳳睜圓雙眼，淚水撲簌簌的掉。

最終，她鬆手了，任厲心棠取下應該是屬於蔡瓊燕的項鍊。

「他們去了哪裡？里長說上午看見他載著孩子，開妳的車離開。」闕擎關切得很。

「去……把孩子送回他們爸爸身邊。」王思鳳哽咽的說，話不成串。

「他們父親嗎？那是……嗄？」厲心棠整個人忍不住大叫出聲，「他們父親？」

王思鳳被她這一叫嚇住了，她沒說錯啊！

「是啊，孩子的父親。」

「可是孩子的生父不是已經死了嗎？」

木門開啓時，裡面傳來陣陣菸味，打著赤膊的男人不解的看著眼前的不速之客，還有他一手牽著一手抱著的兩個孩子。

「哪位？」男人沒搞清楚，怎麼會有人跑到這裡來？

「我找朱盛元。」徐嘉年客氣的說著，「他是住這裡吧？」

「……噢，對！」男人回頭朝裡面大喊，「阿元！」

同時男人將門敞開，歡迎他進去，但孩子聞到菸味產生排斥，摀著鼻子說臭臭。

「喂！有小孩啦！先熄掉！」裡面的男人們聞言趕緊熄掉菸，好奇的往外張望。

站在外頭的徐嘉年可以聞到男生宿舍裡專屬的汗臭味，這裡的確是工寮，是工人們暫住的地方。

有個又黑又小的男人匆匆走出來，當他還在問誰啊時，走到了門口。

徐嘉年左手牽著的哥哥，開心的即刻鬆開手，衝了上去——

「爸爸！」

第十一章 死亡的前夫

『是的，今天經過蔡姓女子的丈夫證實，林投女屍的確是他的妻子，於此我們已完全能確認，林投女屍的身分！』記者不帶任何情緒的報導著，『關於妻子爲何死亡達半年，丈夫卻不知這件事，丈夫有著確切的證據，顯示這半年來，妻子不停的以通訊軟體與他報平安，並不時會貼上孩子的照片，因此他從未懷疑過家裡出事。』

『朱先生與妻子的相處之道一向如此，他遠離家裡到外地去打工，並不常回來，他說孩子長大唸書都需要錢，也希望給太太好生活，妻子也總會說現在不要想放假，多拼一點就能賺更多錢，所以夫妻每年能見兩次面算多了。』

『而警方發現，丈夫擁有的手機號碼，與蔡瓊燕日常用的並不相同，這支號碼似乎是專屬於丈夫使用，但這半年來手機都在他人手上，冒充蔡姓女子與其對話，警方也在查通聯紀錄。』

『初步推斷應該是徐姓男子所爲，因爲警方找到丈夫前，徐姓男子才剛帶著兩個幼子到工寮給他，安頓好後便自行離去，警方正在追蹤徐姓男子的足跡；他的白色豐田在廢車場被找到，而載送孩子去找生父的紅色車主，則屬於一位王姓女子，其爲徐姓男子過去的同事。』

『警方調查至今，案件可說是撲朔迷離，原本以爲是一樁情殺案，但現在卻越查越奇怪！因爲死亡的蔡姓女子交友非常複雜，甚至與日前阿夏理容院的熱水命案死者相關，而她在該理容院曾是紅牌，卻以陳云眞爲假名，而這位陳云眞確有其人，卻是徐姓男子公司的老闆娘……』

『由於牽扯多起疑似詐騙案，警方懷疑蔡姓女子生前與多人有金錢糾紛，她的朋友也均慘死於熱炒店與離奇車禍，甚至身首異處，警方亦不排除是仇殺。』

『但究竟這位身材曼妙可人的少婦，是被控制教唆進行詐騙？亦或是還有其他內情，警方把希望都放在了疑犯徐姓男子身上。』

『目前法醫仍在做二次屍檢，懷疑蔡瓊燕是被掐死後才僞裝成上吊，雖然事隔已久，但同居者的徐姓男子嫌疑最大，至於丈夫對於徐姓男子一無所知，更不認識襁褓中的孩子，而嬰屍的DNA確定並非丈夫的親生孩子。』

看著新聞，厲心棠已經沒有辦法辨別眞假了！

蔡瓊燕有一堆化名是眞，騙錢是眞，但是是她自願的還是爲愛甘願？

但重點是丈夫！那個丈夫去認屍，出來哭得缺氧，抱著兩個稚子痛哭多令人動容，還說蔡瓊燕是世界上最棒的老婆，他能娶到她是幸福的，不明白爲什麼有人會殘忍的殺死她？更不相信她會自殺！

先生，你頭上那頂帽子綠得眞漂亮，哪裡買的？

「我的天哪！他見過徐嘉年、從他手裡接過孩子，也知道嬰屍的存在，就不覺得奇怪嗎？」厲心棠難以承受現實，「結果他在那邊說蔡瓊燕是全世界最難得的老婆？」

闕擎手裡拿著手搖飲，這兩個人就坐在警局外頭不遠處，處於守株待兔的狀況。

王思鳳被找進去約談了，畢竟徐嘉年曾住在她那邊，她身上有諸多情報，警方不可能放棄這條寶貴的線索；雖然朱盛元也見過，但他說徐嘉年只是把孩子交給他而已，什麼都沒說就走了。

「你們線人可不可靠啊？」闕擎不耐煩的問著。

「可靠啦！這麼大的事情，警方當然要問久一點啊！」厲心棠在原地做起伸展，「現在恐怕除了王思鳳外，沒人知道徐嘉年的下落。」

嗯，闕擎倒不覺得，「其實如果好好引導鬼大姐的話……」

「那我們還沒趕到徐嘉年就死透了。」厲心棠翻了個白眼，她當然知道讓鬼大姐找最快啊！問題是不行！

「出來了！」闕擎看到王思鳳離開警局，不過瞬間被記者團團包圍。

記者會問什麼他們都知道，厲心棠趕緊跨上腳踏車，她一定會坐計程車離開，他們得跟上那台車子！

「請問他有跟妳說他殺人了嗎？」「小姐妳都沒有覺得他突然跑來找妳很奇怪嗎？」「他真的什麼都沒跟妳說嗎？」

記者的攻擊力驚人，但警察還是努力的將王思鳳保護到上了車，闞擎將飲料擱到杯架，就等著計程車往前行駛，他們先往前騎……等著計程車從身邊經過時，厲心棠即刻拍向車窗！

「咦！」車內的王思鳳嚇得尖叫，定神一瞧，發現是前兩天的學生！「不必加速……不必！大哥，前面找地方轉彎停下！」

一邊說著，王思鳳指向前方做了個右轉的動作，厲心棠豎起大拇指表示理解。

五分鐘後，王思鳳在一個巷內匆匆下車，厲心棠即刻遞上幫她買的飲料，她有些受寵若驚。

「我叔叔說，吃甜的會撫慰人心。」厲心棠甜甜的說，留意到今天王思鳳身上很不一樣。

她頸子間多了紅繩，手腕也戴了一堆佛珠，看來見過蔡瓊燕後，把她嚇得不輕啊。

「妳知道徐嘉年去了哪裡嗎？我想警方也一定問了妳這個問題。」闕擎不想拖泥帶水。

王思鳳立即搖頭，「我不知道，他都沒說。」

「用猜的呢？或許他跟妳暗示過？」厲心棠再追問，「他都跟妳借車了，還車鑰匙時你們總有見面吧？」

王思鳳握著飲料，低頭不語，闕擎實在有些不耐煩，她在警局待這麼久敢情就是這樣做筆錄的嗎？

「他就眞的什麼都沒提，你們問再多也沒有用！」王思鳳有些不耐煩的說著。

「也沒跟妳解釋，關於孩子爲什麼會送給應該『已故』的父親嗎？」闕擎尖銳的問著，「蔡瓊燕的前夫應該已經死了才對。」

王思鳳突然面露慍色，顯得怒氣沖沖。

「對，她是這樣跟嘉年說的，說她的丈夫在工地出意外死了，所以嘉年才跟她交往！那天他說要送還孩子給生父時，我的確也愣了！」王思鳳略咬了咬唇，「他早發現蔡瓊燕騙他，她老公沒有死，他們也從未離婚，所以嘉年瞬間變成第三者。」

「所以才一時生氣，失手殺了……」厲心棠小心翼翼的問。

「不是！嘉年不會……他不會殺人的！」王思鳳突地把飲料塞還給厲心棠，「夠了，我下車是想謝謝你們那天幫我，還有……」

「她會找徐嘉年的。」闞擎打斷了她的遲疑，「而他孤立無援，他可沒有我們去幫他。」

王思鳳的臉色瞬間刷白，拿著飲料的手開始發抖，厲心棠並沒有接過飲料，只是看著飲料瓶在前面自震，王思鳳該明白的。

「現在不是他有沒有殺的問題，像妳沒有殺她，她還是來找妳了啊！」厲心棠趕緊補充，「現在的她就是要讓害她的人後悔，找到殺她的凶手，妳覺得連警察都認爲是徐嘉年了，當事者該怎麼認爲？」

望著他們，淚水滑出王思鳳的眼眶，她痛苦的搖著頭，最終皺起了鼻子，痛哭了起來。

「不是的……他不會這樣做的……」嗚嗚咽咽，王思鳳都要蹲下來了。

「所以我們必須先找到他。」闞擎忍著急躁的心，「妳不希望他出事吧？」

王思鳳更加用力的搖首，天曉得她比蔡瓊燕更加愛這個男人！

厲心棠謹慎的感受，沒有任何鬼的情緒能感染她，就表示一定距離內，鬼大姐沒有在他們身邊。稍早之前她看過她在警局外徘徊而無法進入，不知道是惦記著丈夫？還是孩子們？

「他在他們第一次相遇的地方。」王思鳳總算鬆口，「他說必須去做一個了結。」

闕擎舉起雙手，痛苦的握著拳多想擊上牆壁，什麼叫做第一次相遇的地方？說清楚啊大哥！誰管你們在哪裡相遇的！

第一次見面，是在山上一間練歌坊裡，就是那種簡單的鐵皮屋，有幾間房間放著點歌機，老闆娘炒得一手好菜，大家可以點菜喝湯，一邊唱歌聊天；那天蔡瓊燕是跟丈夫一起出席的，因為那天是男人們共同的好友生日。

有許多不熟的人，是朋友的朋友，與朱盛元也就兩面之緣，不過那一天，徐嘉年留意到了蔡瓊燕。

美麗大方、年輕活潑，再再都吸引著男人們的目光，而且她也絲毫不害羞，不僅大方的合唱，還會貼心的幫大家夾菜，總之就是現場的焦點。

或許……距離有那麼一點不太保守，但就是這樣才讓他一下就陷落了。

徐嘉年一個人坐在包廂裡喝著酒，他花錢把這裡都包下來了，點了一箱酒跟幾道菜，電視裡放著點滿的情歌，請老闆娘與所有員工離開，這裡不要留人，今晚請留給他一個人。

他在等，等燕子歸來。

「呵……我知道妳在的。」徐嘉年高舉起酒杯，向著天，「我看到妳就在那裡啊！」

在阿夏理容院的命案現場，他親眼看見店外站著一個女人，頸子上的繩子還在飄動，他當時以爲自己心虛，還嚇得把電視關掉，但幾天後只要滑到新聞，他確切就是看見了她在那裡。

數日前的的熱炒店命案就不必說了，方瑋茹等人都是她的朋友，死狀這麼悽慘，新聞裡的她已經不是他熟悉的美麗了，那張臉醜惡猙獰，跟電影裡邪惡的亡者一樣，她就在命案現場狂笑不已。

接著是德哥他們的車禍，他那時就明白——她不會放過他。

「這到底該怪誰呢？」徐嘉年再倒了一杯酒，「妳這女人，眞的是到死都一樣……狗改不了吃屎。」

噠噠噠！腳步聲響，徐嘉年即刻回首看向門口，謹愼的聽著越來越近、過度清晰的足音——「徐嘉年？徐先生？你在這裡嗎？」

厲心棠不安的在黑暗的鐵皮屋裡喊著，怎麼這裡一個人都沒有啊？闕摯一一打開廊上的燈，鐵皮屋後是山林，他可以感受到遠處應該有些亡靈，但現在以鐵皮屋爲方圓數公尺之內，乾淨得連路過的阿飄都沒有……這其實不妙。

最裡頭的包廂門縫透著光，旋即門被開啓，男子探出頭來，一眼就看見站在外面的厲心棠。

「哇……你留鬍子了喔？」厲心棠還是一眼就認出他是誰了，「徐嘉年先生。」

「你們是誰？」徐嘉年狐疑的蹙眉，「不該有人知道這裡。」

就算他曾跟思鳳說過，要到與燕子初識之處，她也不可能知道在這裡啊！

「她厲害，記得你們第一次見面的地方。」闕摯不客氣的上前，但徐嘉年即刻出手擋住門板，不讓他進入。

「你們不該在這裡，會有危險的。」徐嘉年認眞警告著，「小孩子快回家。」

「是蔡瓊燕記得，加上你們打卡！她提過記憶裡跟某男人認識的片段，我剛好記得。」厲心棠聳了聳肩，「對，是蔡瓊燕的亡魂跟我說的。」

徐嘉年怔怔的看著他們，並沒有表露出你們是在練什麼肖話的表情，而是冷靜兩秒後，準備開口請他們離開。

「我們看到的比你多，不必再裝了。」闕擎不客氣的由下往上，挪開他打橫的手臂，「她早晚會來找你的。」

「她就快想起來了。」厲心棠跟著進屋，嚴格說起來是……蔡瓊燕會跟著他們來的。

「等等，你們——」徐嘉年不可思議的轉身，他本想喝止這兩個學生，但還是先好好的將門給關上，「你們是哪裡來的？」

這間包廂不小，至少七坪大，茶几上都是香氣撲鼻的菜餚，U型沙發，面對著一台電視、點唱機、兩個音響；電視後方及側邊均有窗戶，對著的是漆黑的山林，與包廂門對著的還有另一扇門，像是逃生門似的，但感覺有點多此一舉。

「您好，我跟蔡瓊燕簽了約，我們——」厲心棠有禮貌的準備上前自我介紹，闕擎先一步把她往後拉。

「我們看得見亡靈，知道她被殺、她殺那幾個人時我們甚至在附近，而她在尋找殺她的凶手。」闕擎凝視著徐嘉年，敷衍一笑，「所以是你嗎？」

徐嘉年倒抽一口氣，一時有些無法接受這兩個人說的話。

「你們……說的我不懂。」徐嘉年指向門口，「我想請你們立刻離開，這裡很危險，不是你們該待的地方。」

「爲什麼很危險？」厲心棠歪了頭，「我倒覺得奇怪，怎麼一個人都沒有，外面還掛『包場，今天不營業』的牌子，你包場來這裡買醉嗎？」

徐嘉年走到門後，「請離開。」

闕擎瞥了眼門板，察覺到哪邊不對的開始環顧四周，低首看著自己腳下踩著的地板，儘管光線昏暗令人有點視線不清，但他還是隱約瞧見了端倪。

「該不會你在等她吧？」闕擎突然質疑徐嘉年，「你也知道她的怨魂未離嗎？」

「咦？」厲心棠嚇了一跳，「你看得見？」

徐嘉年臉色陣青陣白，握在門把上的手又鬆了，「在胡說什麼，我……」

「你這是準備好的啊……哦，所以才支開其他人啊！你是不是連她成了厲鬼在追殺人也都知道了？」闕擎逕自推敲，「這也不難，她的朋友都死了，新聞鬧這麼大，難得的是你竟然知道他們是被什麼殺死的。」

「所以你才怕我們出事嗎？目前是還好……」厲心棠深吸了一口氣，「死亡過程太痛苦，她忘了自己是誰，也忘了誰殺了她，我們是幫她尋找生前足跡的人。」

徐嘉年笑了起來，「居然還有這種職業？」

「也不是啦，當打工。」厲心棠還有空回他，「所以動手的是你嗎？」

徐嘉年冷笑一聲，不打算正面回答，他悠哉悠哉的坐回沙發上，爲自己倒了酒。

「外面冰箱有飲料，想喝可以去拿。」他說得一派輕鬆，挪挪桌上的菜，「我點很多，一個人也吃不完。」

這是U字型的沙發，徐嘉年坐自正中間面對的電視，闕擎拉過厲心棠，讓她坐在徐嘉年左側的沙發，別站在這包廂舞池空地，接著自個兒也坐下來。

「所以是你殺的吧？法醫發現她舌骨有裂痕，應當是先被掐死再吊上去的，而你在廢車場的豐田裡，也證實有血跡，當然還在驗。」驗DNA可沒有影集裡演得這麼快。

「你們不是能跟她溝通嗎？她怎麼說？」徐嘉年夾了口菜，「等等，先別講，讓我猜……」

他停了下來，不是因爲在猜測，而是因爲電視裡，出現了閃爍與扭曲，讓MV裡的女主角臉部跟著扭在一起……厲心棠嚴肅的蹙起眉心，她感受到了，鬼大姐來了。

沙沙……電視畫面越來越扭曲，雪花畫面越來越多，徐嘉年停在半空的筷子微顫，但他還是繼續吃了幾口，才放下筷子。

「多近？」闕擎低聲問向坐在裡面的厲心棠。

「已經來了，一樣有怨氣，但是……」她闔眼感受，「比較多的是茫然。」

一種未知與不解，她從蔡瓊燕身上感受到這樣的情緒，但是基本的恨與怨是存在的，因為她知道，他們找到的男人就是知道她死因的人。

厲心棠默默瞥了眼徐嘉年的右手，他的虎口上，的確有顆痣。

『為什麼要殺我？』

聲音突然從電視裡冒出，那扭曲的灰色畫面裡，出現的是蔡瓊燕那已經變得醜惡的臉龐。

徐嘉年愣在當場，他直視著電視螢幕，像在辨認裡面那個根本不像人……的燕子？

「呵呵……呵呵呵……」

豈止面目全非，五官幾乎都已糾結在一起，血紅雙眼加上腐爛的肌膚，這麼醜陋的女人居然是他曾經付出真心的女人……徐嘉年笑了起來，對著電視舉杯。

「我真沒想到會用這種形式再見妳，來，敬妳。」他舉杯向電視，接著一口乾掉。

這徐嘉年心也眞大啊，厲心棠緊張得喉頭緊窒，但還是力持鎮靜，瞄向電視，歌曲的播放變得斷斷續續加走音，而蔡瓊燕下一秒就自然的從電視螢幕裡鑽了出來。

不怕，厲心棠絞著雙手，只要不是爬出來的都沒關係！

「妳記得他嗎？」闕擎率先開口，「徐嘉年，妳之前跟他住在一起。」

蔡瓊燕死死瞪著徐嘉年，終於點了點頭。

「我們在這裡……對唱過情歌……」她回首，看著這間包廂記憶漸漸浮現。

「對，妳老公也在。」徐嘉年接了口，「那個妳跟我說的那個，死掉的老公。」

「鬼大姐，妳說妳前夫死了！妳跟每個人都這樣說！」厲心棠提起這點就不滿了，「結果妳丈夫不但活得好好的，跟妳甚至沒有離婚，不能算前夫！」

蔡瓊燕明顯的不滿，她瞪向厲心棠，彷彿她說了什麼令人厭惡的話。

「那種能算丈夫嗎？在我心裡，他活著跟死了差別不大。」蔡瓊燕說得大言不慚，「但我好像很在意你啊……」

你，是指徐嘉年。

「是嗎？」徐嘉年搖了搖頭，「妳這輩子只看得見妳自己吧！妳連孩子都不在乎！」

蔡瓊燕咬牙切齒，忿怒的就要衝上前！

「鬼大姐！」厲心棠及時大喊，「妳先冷靜，我們簽過約的記得嗎？找到殺妳的凶手？找到妳是誰……妳的足跡？」

蔡瓊燕忿忿的看著迎視她的徐嘉年，這個男人……這個男人她是知道的！就是那個很溫柔的男人，待她非常的好，會為她照顧吵死人的孩子、做家務、洗手做羹湯的男人。

可圈可點，她怎麼捨得放？

所以她依賴他，什麼事都跟他說、跟他分享，甚至不惜住進了他的家……就是他親暱的為她戴上那條星月項鍊，那是他們的定情之物！

「他利用我！是你拿走了我的錢！」蔡瓊燕像是想起來一切似的，「是你殺了我，還把我的鍊子跟錢拿去給另一個女人！」

「思鳳是個好女人，妳永遠比不上的好女人。」徐嘉年眞是擅長激怒厲鬼，「但很遺憾，我跟她不是情人關係，給她項鍊，純粹是因為她比妳値得。」

哇、塞！連鬩擊都嘖嘖稱奇，其實他想自殺是嗎？

「比我値？你曾經是很愛我的！」蔡瓊燕發狂的怒吼，「你打我……你推倒我……你……」

蔡瓊燕痛苦的抱著頭回憶，太多影像在面前閃現，她一點一點就要想起來了。

「我最後悔的事，就是愛上妳吧。」徐嘉年不動聲色的看著屋子的角落，這兩個學生樣的人很敏銳，他的確在等蔡瓊燕來。

他是有備而來的。

「鬼大姐，妳說過，那個男人虎口有顆痣。」厲心棠指向徐嘉年的手，「他的手上，的確有……是他嗎？」

徐嘉年正擎著杯，虎口上方，明明確確有顆痣。

蔡瓊燕記得她被狠狠搧了一巴掌，整個人撞上沙發、再撞到桌角，進而倒上了地！然後她痛得撫向後腦杓時，摸到了一把鮮血，那瞬間不是痛、而是怒不可遏，急得想跳起……跳起來……她不記得自己有沒有跳起來！

但是她記得那帶有痣的手逼近，一個人的重量就壓在她身上，死死掐住她的頸子，她掙扎著、揮舞著，像在空中抓著求生機會，然而她再醒來時，自己已經是徘徊在林投樹林裡的一介亡魂了。

厲心棠趁機把從王思鳳那兒拿回來的項鍊，放在桌上，靠近蔡瓊燕的面前。

隔著那張桌子，蔡瓊燕與徐嘉年對視著，她看到項鍊時，淚水卻滾落，往事歷歷在目……她悲傷又忿怒的嘴角顫動。

「我想起來了！」蔡瓊燕正首，看向了徐嘉年，「我想起來我是誰了——」

在杳無人煙的半山裡，有間平時該是簡單的練歌坊，這晚月黑風高，附近寒氣滲人，方圓數里內的魍魎鬼魅都不敢靠近，因為這兒有位厲鬼殺氣騰騰、戾氣凶狠，別說生人勿近，亡者都不敢貿然接近。

那是具林投女屍之靈，她正幽幽的訴說自己悲楚的一生。

她生來有副姣好的容貌與身材，很早就墜入情網，初嘗禁果後便懷孕，不到十六歲就準備當媽媽；她不知道自己母親是誰，父親一直住在監獄裡，她是由姑姑養大的，但是姑姑嫌她是負擔，根本不怎麼待見她，懷孕之後更是被辱罵，但那時的她無所謂，因為她覺得有可以託付一生的人。

結果那個大學生男友避而不見，派他的父母前來叫她墮胎，因為那個聰明男友有著美好未來，不能葬送在她與孩子之手……她以為可以託付的男人連她墮胎時都沒有出現。

但姑姑趁機趕她出家門，她覺得被全世界拋棄了，世界上只有自己能信任，所以她離鄉背井找工作，不過高中都沒畢業的女孩能做什麼？她幾乎只能靠身體與美色掙錢。

但所幸她就是有比他人優秀的青春本錢，許多人喜歡她、追求她，只要對她好，她就輕易能愛上對方，尋求一個依靠；二十歲那年，她遇上了老實忠厚的朱盛元，他又笨又拙，但是會因爲她隨口任性的討要一個東西，拼命加班打工買給她。

會因爲三更半夜看完劇的她，隨口說要清晨荷露，眞的在暗夜到荷花池去等待採摘，這樣的男人打動她的心，所以她選擇與他結婚。

日子是平淡且幸福的，但凡她想要的，盛元都會竭盡全力買給她，雖然是工人，但是工人薪水並不低，只要他拼命加班，一樣能讓家裡過好日子；婚後一年老大出生了、再幾年之後是老二，但老二出生後……錢就不夠用了。

盛元住在工地，因爲他必須加班，全年無休，所以他很少回家，但養兩個孩子的開銷太大，就算拼命加班也不夠，這些哪夠她花？眼看著老大五歲，連幼稚園學費都有問題時，她怎麼辦？

這時更慘的是，丈夫因爲過度疲累，從鷹架上摔了下來，當場死亡，家中就此失去經濟支柱。

蔡瓊燕的哽咽聲幽幽，但是厲心棠眉頭皺到都快黏在一起了，她是在說什麼？朱盛元活得好好的，還去認她的屍了啊！誰掉下來了啦！

爲了支撐這個家，沒專長的她，只能回到老本行用身體賺錢……每每告訴自己，這都是爲了這個家，爲了孩子，錢不夠時她就設法借，有一次，輾轉問到了那天在這裡唱歌時，留下聯絡方式的徐嘉年。

「他對我很好，眞的很照顧我……也照顧孩子，所以我才搬去跟他一起住。」蔡瓊燕淚眼汪汪的看向徐嘉年，「但誰知道這一切都是假的！」

「切！」徐嘉年冷笑出聲，又倒了杯酒。

「他說我可以開店，還幫我找了店面……資金不夠我們想跟銀行借，又沒有抵押品，所以我就找了方瑋茹他們，他也說找同事設法，他借到三十萬，卻一毛都沒拿給我！」蔡瓊燕開始變得激動，發紫的手指向徐嘉年，「不但不給我，最後還偷走了我的錢！」

「我爲什麼要給妳錢！那些也都是我同事的血汗錢！」徐嘉年好像沒在怕的，跟蔡瓊燕對嗆起來。

「那是要投資的錢，你說過要讓我開店的！」蔡瓊燕從說話變成吼叫，「搞半天你是想騙我的錢！我直到存摺不見才發現——」

她翻遍了家裡沒找到錢，而徐嘉年卻一副沒事的樣子坐在沙發上看電視，她發狂的問他為什麼不幫忙找？他是不是知道錢在哪裡？她轉身衝去找他的隨身皮包——那瞬間，他起身推開了她，還奪走包包揹在身上。

她便知道，存摺印章他拿走了！

他想要騙走她所有的錢……所以她生氣的衝上前要拿回自己的東西，最後被推倒……蔡瓊燕看著徐嘉年，她都想起來了！是那張臉……凶狠的打她、推她，直到她倒地！

她放聲咒罵的不會放過他，要爬起來繼續奮戰時，他人就壓了上來，雙手掐住她的頸子……蔡瓊燕開始撫上脖子，好痛……不能呼吸，沒有空氣的痛令她發狂的想掙扎求生，但是漸漸的失去了力量。

在一陣風中，她聽見最後喀噠一聲，她就什麼都不知道了。

七坪大的包廂裡，吊死在林投樹下的枉死鬼，悲傷的訴說她的人生與足跡，在痛苦與欺凌中長大，命運並不待見她，使她一再的遭受背叛，好不容易握有幸福卻轉眼成空，再遇上一個男人對她騙財騙色，甚至還殺了她。

這完全就是某個林投樹的傳說吧……厲心棠嚥了口口水，如果，那個前夫眞的死掉的話。

「來了！」厲心棠哆嗦著。

「我要把你的頭擰斷，讓你感受被掐死的痛——」蔡瓊燕雙手打直，衝向徐嘉年，對準的就是他的咽喉！

對……對準的是咽喉啦，但是她好像需要再前進一點？可是當蔡瓊燕往前幾寸時，立即就被無形的東西反彈。

「呀！」蔡瓊燕的尖指碰觸到了某樣東西，強大的反彈力將她向後彈，她踉蹌退後到舞池中間，不解的看著自己已經長滿利爪的手，「什麼!?」

闕擎挑起一抹笑，「我就說，你在等她嘛！全部都設置好了。」

咦咦？什麼什麼？厲心棠丈二金剛摸不著頭腦，扯了扯闕擎的衣袖。

「花了一筆錢，求得一些有用的法器跟陣法，聽說可以暫時鎖住魑魅鬼魅。」徐嘉年冷冷笑著，「蔡瓊燕，妳真敢說，妳一輩子都在說謊，最後連自己都騙了嗎？」

「渣男！」蔡瓊燕怒吼著再次撲前，卻二度撞擊到無形的牆，再度彈回。

這看起來好有效啊！厲心棠下意識的退後兩步，好跟徐嘉年在同一水平線上，如果他剛剛不要用「暫時」這兩個字的話會更好。

「大姐，朱盛元是妳丈夫，他沒死，孩子也摟著他叫爸爸，妳怎麼說？」闕擎不慌不忙的問起蔡瓊燕來了，「還有，樹下埋的那具嬰屍呢？」

蔡瓊燕依舊是盛怒姿態，「我丈夫已經死了！那個男人……我不認識！」

「果然連放都不放在心上啊，他是老實人，妳把他迷得神魂顛倒，拐他在工地全年無休賣命賺錢，就爲了讓妳奢侈花費。」徐嘉年一字字說著，「我跟朱盛元中間隔了很多朋友，眞的不熟，我才會被妳所騙，什麼丈夫死了，只是半年見一次罷了！」

那個騙財騙色的男人，跟著說起了自己的版本。

事情是從蔡瓊燕借錢開始，她哭著丈夫已死，無法生活，還說想抱著兩個孩子自殺，徐嘉年當晚就殺去她家，深怕她會做傻事；她說知道這事的人不多，丈夫的死她不想聲張，葬禮已經簡單辦過，如何打算明天才是重要。

所以對她有好感的他，便開始照顧她，愛屋及烏，也喜歡她的孩子，被依賴感覺很好，而且他本來就是個擅長照顧人的人；沒有兩個月，他就與蔡瓊燕擦槍走火，確定了情人關係。

「妳說兼很多工作，都是朋友介紹妳打零工，我不疑有他，甚至爲了能照顧妳，讓妳搬來我家住，孩子我來顧。」徐嘉年苦笑著，像是在笑自己蠢，「結果妳工作的地方都是假的！我一個個找，每一間店都說根本沒這個人！」

「她在理容院工作吧？」厲心棠小小聲的說。

「命案發生後我有想過，應該是如此吧……但我只知道妳騙我！開服裝店也是藉口，要我去跟同事借錢，大家真的不疑有他的慷慨借我。」徐嘉年毫不懼怕的問著蔡瓊燕，「然後我卻看見妳跟德哥在車上吻得難分難捨！」

「我……我是被強的！」蔡瓊燕回以怒吼，她是被……

是嗎？方瑋茹說他們喜歡她，如果有關係就能要到更多的錢，她趁著喝酒時故意貼近昌仔，或是偎上德哥，果然一個一個都上勾……只是昌仔要給她五萬時，擺明了叫她脫衣服，她才比計畫更早的上他的床。

「我查到了所有事，妳從沒一句實話！我根本也不會相信妳想開店，我發現妳又買了名牌包跟新的化妝品，那鐵定是妳跟方瑋茹他們拐的投資金！」徐嘉年深吸一口氣，「我怎麼可能揮霍我同事的錢，更何況那還是我去借的！」

他保留借來的錢，甚至找到了她的存摺，折斷提款卡丟棄，再偷走印章跟存簿，不讓她再這樣花錢！瞞得了一時，要怎麼瞞一世？這是詐騙啊！

「不不……不是這樣！欠錢的人是你，是你利用我……」蔡瓊燕還在掙扎，「不然你為什麼殺了我！」

「我想問，孩子到底是不是我的？」徐嘉年咬著牙一個字一個字的問，「不是我的我也認了！我疼，孩子無辜，我可以視如己出，但是妳居然爲了錢——」

爲了錢怎樣？厲心棠緊張的揪緊胸口。

鬼大姐眞的沒一句實話，她就是在不純的阿夏理容院上班，用化名是因爲羨慕陳云眞的生活、騙大家前夫死亡以博取同情，連要好的朋友一起騙！還敢說什麼因爲死了才沒開成店，她從頭到尾沒打算開店啊！利用身體籌碼擁有眾多情人，就爲了索取金錢，卻對他們說她是被強迫的！

鬼大姐……自己到底知不知道眞相是什麼？

第十二章 水落石出

「孩子……！孩子！我管他什麼孩子！」蔡瓊燕根本不想提不重要的話題。

「你拿枕頭悶我孩子，威脅我把存摺交出來！」徐嘉年突然暴怒，「妳多用力啊，用力到我們都還沒談判成功……他就沒聲音了！」

是嗎？蔡瓊燕彷彿有這樣的記憶，她壓著枕頭，下面是小小的孩子，對……她坐在床邊，指著緊閉的門口怒吼：『你想進來，就先從門縫下把我的存摺與印章遞進來！』

『妳瘋了嗎？那是我們的孩子！』徐嘉年在門外拼命敲著門。

『拿存摺換你的孩子！我跟你說，孩子我沒在稀罕的，我要生幾個都有！』

她氣忿難平的尖叫著，左手不自覺使了勁。

『妳這喪心病狂的女人！』徐嘉年開始撞門，她詫異的看著震動的門，不敢相信一向溫柔的徐嘉年會這麼粗魯。

門把一被打掉，門就能輕易被撞開，徐嘉年踉蹌的衝進來，蔡瓊燕嚇得跳起後退，虛張聲勢的不許他亂來，誰讓徐嘉年的眼神看起來像要把她殺了似的。

徐嘉年慌張的挪開枕頭時，孩子卻已經不動了。

她辯駁著不可能，她沒壓多久，孩子剛剛還在哭、還在掙扎，徐嘉年怒不可遏的抱起兒子想衝去醫院，卻在他頭垂下的瞬間理解到來不及了。

因爲，孩子是被蔡瓊燕壓到頸骨折斷，並不是悶死的。

看著嬰兒的頭不正常垂掛，徐嘉年的理智線瞬間斷了。

但是，蔡瓊燕永遠比他更凶狠。

她先聲奪人，責怪是他犯的錯，如果他不偷她的存摺、印章，孩子就不會死！是他不交出來，才逼得她用孩子威脅，才害得她失手折斷孩子的脖子。

徐嘉年還是要帶孩子去看醫生，蔡瓊燕自然竭盡全力阻止，這要是被警察知道，她不就等於過失殺人了！他們最後在門前爭執扭打，徐嘉年最後忍無可忍的揍了她，再推倒她。

「等我回過神來時，她已經不動了。」徐嘉年看著自己的雙手，「我連我什麼時候壓上去，掐死她的我都不知道。」

情緒失控的犯罪最常見，尤其歷經背叛以及孩子死亡，徐嘉年的反應並不奇怪。

但蔡瓊燕的反應才是莫名其妙吧。

「鬼大姐，妳用謊言編造人生，連自己都騙到底嗎？」闕擎倒是不客氣，「親手殺死孩子，騙財騙色的是妳吧！」

「我不是——」蔡瓊燕凶狠的衝著他們吼，「你們現在跟他是一票的是吧？

我才是最可憐的那個……今天就算我做錯什麼，也都是他逼我的！」

噢噢，厲心棠唉呀了聲，「都是They的錯！」

「沒有人愛我，我只能愛我自己！這有什麼錯……都是他，就這樣掐死我，我才二十八，你就殺掉我，卻還想過爽爽的人生！」蔡瓊燕又再轉變，她變得更大隻，力量也在增幅，「下地獄去吧！」

她再度瘋狂衝向徐嘉年，這一次，厲心棠清楚看見徐嘉年面前那堵無形的牆震動了一下！

厲心棠被嚇得跌坐在沙發上，闕擎也下意識後退了一步，果然是「暫時」的。

「打開雷射燈！」徐嘉年大喊著，厲心棠抬頭一看，沙發旁的牆壁有個開關，立即爬上去打開。

舞池上方俗豔的雷射燈果然開始閃爍各種燈光，投射出的卻是各種咒文……哇，原來已經設置好了啊！

「我想解釋一下，徐先生。」厲心棠看著蔡瓊燕的衝撞，認真的說著，「以她現在這個形態啊，那些基本版的咒文結界都是沒有用的！」

「我不怕，整個房都是陣，只要陣不破，我就不怕她！」徐嘉年凝視著那個滿臉腐爛的厲鬼，「或許，這才是妳真正的模樣吧，爛到骨子裡的樣子，只是被美麗的皮囊包裹著。」

「問題是她如果在這邊跟你耗一天呢？」厲心棠啞然失笑，「她不會餓我們會餓啊！」

「白天……」

「誰告訴你白天她就會走的！只是力量比較小而已……厚！」厲心棠立刻傳授知識，「鬼一直都在，只是在於你看不看得見而已，看不見不代表不存在！」

尤其這種厲鬼，她最好會走啦！

「你殺了我！你殺了我！」蔡瓊燕一邊歇斯底里的大吼，一邊衝撞著結界，雷射燈上的符咒果然對她起不了太大作用。

闕擎觀察四周，看來唯一有用就是這個陣，只要不破的話。

刷，一個人突然從電視後的窗戶冒出，率先看到的厲心棠失聲尖叫，「哇呀——」

突然出現的男人朝著裡面揮手，在大家反應不及之際，直接開了那扇大家以爲不能開的逃生門。

「徐先生喔！不好意思！」男人笑吟吟的端著一鍋湯進來，「我老婆說謝謝你包場啦，所以另外燉了一鍋湯給你喝！」

只要這個陣不破，厲鬼就進不來！

大哥啊啊啊……男人才剛放下湯，突然就打了個寒顫，接著頸子一陣涼……有那麼幾秒，或許他可以感受到自己溫熱的血液，滑下了自己的領口。

蔡瓊燕拔起了老闆的頭顱。

鮮血頓時四濺，連徐嘉年都跌坐上沙發了！蔡瓊燕粗爆的將人頭往角落扔去，老闆瘦弱的身體直接倒了下去。

「呀——」厲心棠掩住臉，她滿臉也都是鮮血。

太可怕了，她甚至還沒看清楚，老闆的頭就這樣被拔下來了！

徐嘉年毫不猶豫，轉身奪門而出。

「闕擎！」厲心棠轉頭，看向八風吹不動的闕擎。

「簽約是幫她找到足跡，現在找到了。」闕擎聳了聳肩，「其他不關我的事。」

厲心棠瞠目結舌，「你現在是要見死不救嗎？」

「誰規定見死就一定要救！」闕擎理所當然，「我跟他沒有法律的關係，不救不犯法，現在去阻止一個殺紅眼的厲鬼，太愚蠢。」

厲心棠完全無法接受，轉身跟著衝了出去。

看著眼前那熱騰騰的湯，闞擎起身舀起湯來看著，殷紅的血瀰漫整個湯鍋，他笑著搖頭扔下湯匙。

「眞是可惜了這鍋湯。」

衝出去的徐嘉年在黑暗中摸索，明明沒兩步就能出去的鐵皮屋，卻突然變得有點難走，他分不清方向，或是……誰不讓他離開這裡？

「不要亂跑！」厲心棠追了上來，伸手往旁邊的電燈開關按去，意外的燈居然亮了！

只是這一亮，卻只是更加讓人心慌。

因爲明明只有從入口進來，不過兩個小轉彎的鐵皮屋，現在眼前卻有無盡的轉彎與包廂，他們彷彿站在多面鏡前，重複的場景與道路包圍著他們。

『你怎麼能以爲……你們可以好好過日子？』聲音來自厲心棠後方，她嚇得回身，那是一間寫著「歡唱」的包廂。

「這是我要問妳的，妳只爲了妳自己可以好好過日子！」徐嘉年用顫抖的聲音哭喊著，「妳糟蹋了每個眞心愛妳的人！」

「大哥！大哥！」厲心棠懇求著，「我們可以不要激怒鬼大姐嗎？」

「有差嗎？」徐嘉年冷笑著，眼角滑落淚水，「她生前死後都是如此，我早就有心理準備了。」

「我沒有啊！」厲心棠才在喊著，面前的包廂們竟磅的打開，「呀——」

眼前這間也叫歡唱，這眞的是無盡複製耶！

緊接著骨牌效應似的，所有包廂們全部敞開大門，這間練歌坊也才六間包廂，現在放眼望去幾十間似的，他們前後左右都是漆黑的包廂與敞開的門，天曉得蔡瓊燕會從哪邊出現？

「鬼大姐，蔡瓊燕，我們在百鬼夜行簽的約，是找出妳的身分、人生足跡以及殺妳的凶手，但妳不能動手再殺人了！」厲心棠還在喊話，試圖護著徐嘉年，「徐嘉年做了什麼都必須依照法律，妳不能再殺下去了！」

徐嘉年雙腿打顫，他早就知道自己逃不掉，也沒打算逃，只是……沒想到燕子連死後都未曾覺悟。

她連殺死他們的孩子都不在乎啊！

敞開的包廂門帶給他們未知的恐懼，但不管他們原地繞了幾圈，就是沒有任何一扇門裡有東西衝出來……因爲，蔡瓊燕正居高臨下的看著他們。

她懸在上方，那上吊的繩子終於垂下，自徐嘉年後頸掃過。

「咦？」徐嘉年顫了身子，緊張的回頭，「哇啊！」

一抬頭便見到蔡瓊燕那猙獰模樣，他嚇得踉蹌，但繩尾旋即圈了起，就要繞住徐嘉年的頸子——厲心棠飛快抓住繩子，用身體撞開了徐嘉年，同時左手投擲出那個氣泡球！

喝！蔡瓊燕認得那東西，轉身想逃，卻瞬間又被氣泡球包裹！

「放我出去——我警告過妳，不許再用這種東西限制我！」蔡瓊燕發狂的撞著氣泡球，「我要撕碎這個毀掉我人生的人！」

徐嘉年淚流不止，悲傷的看著那個已經不像他愛的那個女人的厲鬼，「是妳毀掉我的人生吧！妳毀了多少人啊，蔡瓊燕！」

那小小的，只會笑著的嬰孩都沒放過不是嗎！

「大哥！」厲心棠激動的回首，「你少說兩句吧，我拜託——」

啪嘰——餘音未落，迸裂聲旋即傳來，厲心棠戰戰兢兢的緩緩正首，看著飄浮在空中的氣泡球，居然裂開了！

等等，沒有用嗎？是因爲她太厲了？所以氣泡球擋不住了？叔叔使用說明沒有這條啊！

「走……走！」厲心棠向後推著徐嘉年，雖然她根本不知道能跑去哪裡！

但徐嘉年已經腳軟，又帶著赴死的心，絕望的他難以動彈，而上方的氣泡球轉瞬炸裂，沒有碎片，只是宛如肥皂泡泡般在空中消散，殺過來的就只有蔡瓊燕了！

隻手欲先扣住徐嘉年擋在前方的厲心棠，她倒抽一口氣，腳動不了啊！

黑色的身影飛快奔來，乾脆的介入厲心棠與蔡瓊燕之間，厲鬼那雙尖長的利甲，就在闕擎的眼睛前。

「不要以為我不會對你們——」蔡瓊燕上一秒還在咆哮，聲音卻突然卡住，「呃……」

闕擎昂首凝視著蔡瓊燕，對眼珠前的利甲毫不畏懼，只是專注的看著她腥紅雙眸……蔡瓊燕突然發顫，她感受到自己不能呼吸，彷彿回到死前的時刻。

天哪，頸子很痛……她拼命的掙扎，恐懼與痛楚包圍著她，她明明已經死了，為什麼還會持續感受到死前的痛苦？

「不——」她抓狂般的抓起闕擎，直接就往旁邊扔，闕擎自是措手不及，撞上包廂外的牆又反彈落地！

「咦？」厲心棠緊張的才想上去察看，但下一秒手臂的刺痛直襲來，「呀——」

蔡瓊燕攫住她的手臂，將她提拎離地，五隻指甲都刺進她的上臂，厲心棠覺得她的手臂要被刺爛了！

她痛得大叫大哭，卻硬被提到蔡瓊燕的面前，離地至少三十公分，闞擎撫著胸口才轉過來，狼狽的躺在地上，他肋骨骨折，覺得有些難以呼吸。

「我是不是說過，不、許妳再用那個東西困住我——」

不要！好痛……厲心棠哭了起來，「可是妳已經失控了啊……好痛喔！」

刹！啪噠\啪噠……彷彿有某種振翅聲響，緊接著一抹影子伴隨著強大的力道自徐嘉年後方衝至，直接狠狠的撞開了蔡瓊燕，將她向後撞飛，而厲心棠旋即落下！

但她沒有摔落，而是被溫柔的力道穩妥接住。

沒有人來得及看清楚他怎麼出現的，但一位成熟俊美的外國男子，就這麼現身，一手還摟著哭泣的厲心棠。

「……好痛喔！」厲心棠撫著自己的右臂，疼得咬牙。

但殺氣騰騰的蔡瓊燕並不打算就此罷手，她忿恨的瞪著厲心棠，不懂這個出現的凝事者是誰？還有他們擋著的……徐嘉年！

她一眨眼消失，厲心棠嚇得顫動身子，徐嘉年下意識的四處張望，立即看到就近包廂裡衝出的蔡瓊燕！

但她才衝出包廂，頸子上的繩子尾端突然主動向上，將她整個人往上扯，好整以暇的吊上了鐵皮屋上方的鐵樑。

「啊！什麼……放開我！」蔡瓊燕在繩子上掙扎著，那繩子更加深切的割進她的頸子裡了。

徐嘉年終於嚇得跌坐在地，仰首看著那瘋狂的亡者，卻覺得悲傷。

鐵皮屋裡的燈熄滅，兩秒後再重新亮起時，是正常的光線，而且空間不再是無限重複的包廂通道，而是非常顯而易見的道路，兩步後左轉、再一個右轉，沒幾步路就能離開這裡。

「有話好好說，動什麼手？」

從入口處傳來輕鬆的聲音，還帶著點惋惜，男人轉進他們所在時，甫從地上由躺轉為坐的闕擎，只覺得無奈。

還眞的不換衣服，那一身古風飄飄，今天手上還加把扇子，是出外景嗎？

「叔叔！」厲心棠咬咬唇，往旁看向闕擎，「你沒事吧？」

「有事。」闕擎壓著肋骨。

叔叔身後跟著西裝筆挺的瘦弱拉彌亞，她帶著微笑，但眼睛裡完全沒有笑意，優雅的走到掙扎的蔡瓊燕面前，自手上拿出一本黑色的本子。

「蔡瓊燕小姐，那天來到百鬼夜行，多有怠慢，但現在為您量身打造了最新方案，有沒有興趣聽聽？」拉彌亞打開協議夾，長長拖地的馬尾巴突然變得硬挺，能支撐她整個重量似的，將她往上抬到與蔡瓊燕齊高。

「你……你們……」蔡瓊燕難受得咬牙，好痛……她沒想到，死後還是會感受到這種痛楚。

她瞪大的眼看向拉彌亞攤開的方案，上頭寫的是……

「地獄方案」。

「誰准許妳碰我們的人？」拉彌亞逼近蔡瓊燕身邊說著，嘴角吐了舌信。

下一秒她的長尾離開支撐的地面，疾速層層捲上蔡瓊燕的身體，沙刹一聲，就把她活活從繩圈上撕扯下來——身體拋向了誰都看不清的方向，背景只有她悽厲可怕的慘叫聲，然後是繩圈裡掉下來的頭顱！

「啊！」徐嘉年以手代腳的慌忙後退，卻沒有以爲的頭顱落下來。

他再抬頭一瞧，上面哪有什麼厲鬼、哪有什麼繩圈，甚至沒有那個西裝的女人，或是奇怪古裝造型的男人。

驚恐的朝左看去，外國男子也已消失，只見厲心棠撫著右臂，蹣跚的走向依然靠著包廂牆壁、臉色難看的闕擎，也頹然的坐了下來。

「怎麼……什麼……」徐嘉年慌亂的爬了起來，他原地繞了好幾圈，以便達到最佳效果的環顧四周，整個練歌坊裡除了他們三個之外，什麼都沒有!?

接著他衝向自己的包廂中，一進門就驚嚇的看見角落中老闆的頭顱，湯鍋旁的斷頭屍首，證明了剛剛在裡頭的一切不是夢。

他再度衝出，跑到厲心棠面前，滿臉的疑惑恐懼與不明所以。

「報警吧！我手機掉裡面了。」厲心棠可憐兮兮的說著，「叫個救護車，他肋骨斷掉不能動了。」

誰斷掉啊？闕擎覺得只是骨折，但還是很痛，不想跟厲心棠多解釋。

徐嘉年呆然的望著他們，像是石化般沒有動作，闕擎實在是連呼吸都痛得難受。

「報警！」他又低吼了一聲。

「喔，好好……」徐嘉年這才回神的趕緊拿出手機報警，他腦袋一片混亂，燕子的確是成了厲鬼要殺他，學生們也受傷……

但是……剛剛幾秒鐘前那些是什麼？

「謝謝。」放下電話後，厲心棠由衷感謝，「如果你要逃的話，我不會阻止你。」

「我沒什麼好逃的，」徐嘉年抹去臉上的淚痕，吃力疲憊的也在他們對面盤坐下，「問心無愧。」

「呵……好一個問心無愧。」闞擎有種他與蔡瓊燕還眞配的感覺。

「那當然！」徐嘉年劃上一個淺淺悲苦的笑容，「因爲我沒有殺她。」

其實打從一開始，蔡瓊燕就是個只愛自己的女人。

因著先天良好的條件，樂於接受男人的追求與供養，她也不吝惜回饋，對她而言，她的本錢就是那張臉跟婀娜的身材，大家各取所需，沒什麼不好。

但她也知道，有一天年華會老去，她還是得找個依靠；男人眾多的她，覺得太帥不行、有錢不行、逞凶鬥勇不行，還是忠厚老實一點好，尤其要非常非常的愛自己。

所以她挑上了朱盛元，一個單純憨厚的老實人，爲了她上山下海都義無反顧，隨口一句話他都會當眞，當他爲她去採集清晨荷露那天，她就知道這會是個最好的丈夫。

她嫁給了他，她只想過貴婦的生活，不停的撒嬌、要東西，丈夫都會拼命爲她達成，他開始疲乏之時，她就爲他生一個孩子，以「家」爲理由，叫丈夫去危險性較高的工地，以賺取更高的工資，最好都住在工寮，沒事不要回來。

動不動就趁兒子睡覺時佯裝他生病、發燒，讓丈夫覺得自己一天都不能怠工，這樣除了大節日外，他幾乎就不會回來，她也就能過自在的生活……扣掉令人厭煩的嬰孩，小孩子眞的太吵太煩，她受不了那種哭聲，是他們逼她動手的。

但她漸漸的發現養小孩眞的很燒錢，還剝奪了她享樂的金額，所以她就乾脆回理容院，人還是靠自己最實在，每日領工資時都會特別踏實，而且帶著孩子去工作的地方，大家還會輪流幫她顧，再把自己說得可憐一點，辛苦的僞單身媽媽，姐妹們還會幫她張羅尿布跟奶粉，這樣她能用的錢就更多了。

老二是不小心懷上的，但她也想再生一個，想逼朱盛元再認眞一點，避免他想回家，找附近的工地工作，這樣她要怎麼玩？但是她如意算盤打錯了，過度勞累讓丈夫出了意外，傷勢不重但在醫院躺了好些天，她去照顧一星期後，又回家休養了一個月才康復。

這件事讓她體認到，人是有極限的，但是她卻愚蠢的生了老二，開銷更大，丈夫賺的錢根本不夠讓她花銷……但是，「善事」的錢很好拐，丈夫的意外給了她一個靈感，她幫自己做了個人設：成爲丈夫去世，孤苦撫養兩個兒子的可憐母親。

這眞的非常好用，借錢非常順利，直到徐嘉年出現在她家門口。那是個好男人，她也很喜歡他，所以才會選擇與他交往，才願意爲他生孩子……如果孩子眞是他的，但她也不在乎是誰的；他有著丈夫的愛與更加無微不至的照顧，在他懷中她能享受愛情，孩子在他的照顧下大家都能享受天倫之樂……但是，她還是更愛自己多一些。

她需要更多的錢，所以她繼續用身體賣錢、繼續與各種男人交往，成爲他們的情婦、騙取投資金，男人幾乎都願意爲她花錢……也願意投資善良的徐嘉年，她聽到他跟同事募到三十萬眼睛都亮了，但他卻不給她。

因爲徐嘉年發現了她的謊言。

她的丈夫沒有死，她也沒有離婚，她甚至跟昌仔及德哥有染……其實還有更多位，只是徐嘉年不認識，所以他不但不給她錢，還把她的存摺藏起來，打算還給被她騙錢的那些人。

原本徐嘉年打算偷偷帶三個孩子走的，但前一晚被她發現存摺消失，她以小兒子做要脅時卻失手弄斷了他的脖子，徐嘉年想報警時被她阻止，老大擋在面前時被她一巴掌打飛……最後徐嘉年竟忍無可忍也打了她，再想起自己的小兒子，便失手掐死了她。

「我知道我應該報警，但那瞬間我覺得為這種女人葬送人生太不值，所以決定殺人滅屍！」雙手上銬的徐嘉年，平靜的在警局裡訴說一切，「我將她的屍體用毯子裹好、繩子綁妥，載到我們曾約會的海邊，那邊人煙稀少，我打算把她埋在那裡；我先埋了無辜的嬰兒，接著開始挖洞，埋屍眞的是件很累的事……要挖那麼大的洞，眞的很累。」

「蔡瓊燕的另外兩個孩子呢？」

「跟著我，我不放心他們在車上，讓他們待在旁邊，騙他們說在跟媽媽玩特別的捉迷藏……放心，我沒讓他們靠近，那時是半夜，鋪張野餐墊，孩子們都睡得很沉。」想到孩子，徐嘉年淺淺笑著，「她的孩子眞的很可愛，這半年來我們相處得非常愉快，孩子身上終於再也不必有傷痕了！」

警方一怔，「蔡瓊燕家暴？」

徐嘉年點了點頭，「哥哥已經大了，你們可以問他，他有記憶以來就是被打到大的，沒有任何理由，燕子高興也打，不高興也打，弟弟也是一樣，所以我會護著他們。」

警方紀錄下來，這的確需要跟孩子求證。

「請接著說。」

徐嘉年喝了一口茶，舒緩心情。

「我把燕子埋進去後，開始蓋土，但因為挖得洞有點小，所以最後必須把她的頭再扭旁邊一點塞進去；我鼓起勇氣抱著她的頭，突然感到悲傷，我竟然愛上這樣一個女人。」徐嘉年將雙手拱起，做一個包握住，「黑暗的海邊，我也不知道哪裡來的勇氣，我跪在她頭頂的地方，捧著她的頭，最後一次吻她。」

吻屍，警察們也是見怪不怪，當一種道別吧！

「結果，我發現她還有脈搏。」徐嘉年下一秒語出驚人，「頸動脈的跳動非常明顯，再探向呼吸，她還活著。」

第十三章 各得其所

警方全體瞠目結舌，這劇情也太急轉直下了！

「她沒死？所以你並沒有掐死她？」

「沒有，我那時也嚇到了，原來只是掐暈！」徐嘉年現在回想起來，竟有點莞爾。

「所以？」老警察擰起眉，「既然都埋到一半了，你乾脆一不作二不休——」

「那我就把她活埋或掐死就好，我為什麼要費時費力再把她吊到樹上？」徐嘉年回答了老警察的說法，「我打算報警，結果這時她醒了，燕子當時身體被土埋住，但傻子也知道發生什麼事，所以她即刻歇斯底里。」

發現自己要被埋起來，蔡瓊燕立即咆哮著指他想謀財害命、是個騙財騙色的渣男，她那時就把他認定成一個心機重的男人，符合她死後認定的一切。

「既然她被埋著，不好行動，你要殺她太容易了！你手上有鐵鍬啊！」

「她身上不是沒傷痕嗎？」另一個警察反問。

是啊，女屍的身上除了吊死的痕跡，頭骨也沒有任何破裂……但是……

「這說不準，半年都爛了，如果頭部當時被割斷頸動脈，我們現在也很難查吧？」另一名警察提出疑點。

「你們可以去查，有沒有血液反應，我相信現代科學能驗證，我只是在訴說當天發生的事。」徐嘉年說得不慍不火，「總之，她那種潑婦罵街的模樣，我覺得幫她挖出來是自找麻煩，所以我跟她提出分手，說要把孩子還給生父，我就走了。」

「咦？走了？」

「對，她不必花太久時間就能離開洞穴，我帶著鐵鍬，叫醒哥哥、抱起弟弟，就往車子那邊跑……我想得很簡單，等她離開土穴，在路上攔車再到家時，我已經帶著孩子去找朱盛元了。」

面對這反轉的案情，所有人都驚訝得說不出話。

「但她在喊叫，孩子沒聽見嗎？」

「聽見了，所以我說我們跟媽媽玩捉迷藏！就這麼帶著他們回車上……我一心急著想走，卻沒發現鑰匙掉了，結果哥哥說他有看見，我來不及反應他就折返……」徐嘉年眼神很遠，想著那晚的一切，「那時弟弟被吵醒開始哭，眞的是一片混亂，我焦急的要衝回去找哥哥時，哥哥已經找到鑰匙了，但那時卻沒有燕子的吼叫聲了。」

「她離開土穴了嗎？」

「天太黑，我看不見，我以爲是她正努力的在翻動身子，沒時間理我們。」

徐嘉年深吸了一口氣，「總之，我沒有殺她，我離開時她還活著，我一直以爲她很快就會來找我算帳的……但是……」

這一等，就是半年。

「你剛說要帶孩子去找生父，結果這半年來，似乎都沒這麼做，爲什麼？」

「捨不得。」徐嘉年笑得慈藹，「我將他們視如己出，孩子們也說不想去找爸爸，所以我們那天離開海邊後，我直接帶他們去遊樂園玩，玩了整整三天才回家……但沒人打手機找我，屋子裡也正如我們那天離開時一樣，蔡瓊燕沒有回來。」

一屋子瀰漫沉默，那晚在林投樹下，發生了什麼事？

「你沒有覺得奇怪嗎？或是主動找蔡瓊燕？」

「呵，怎麼可能！」徐嘉年失聲而笑，「我想躲她都來不及，而且我埋她前把她的手機跟物品都丟進海裡了，要聯繫也聯繫不到！一開始我帶著孩子去住汽車旅館，但半個月後，我開始覺得有問題了。」

「沒回去海邊看看？」

「沒有，沒必要，我不想面對現實。」徐嘉年誠實以告，「我隱約覺得有問題，但我不想去探查，我只想過一天算一天，帶著兩個孩子，讓他們擁有正常的童年——直到林投女屍被發現爲止。」

看到電視的瞬間，他都傻了，吊死的女屍，死亡半年以上？還穿著那晚的衣服，所以燕子那天根本沒離開海邊？

「所以你才開始逃亡，帶著孩子睡在車上，連旅館都不敢去住，輾轉到了王思鳳家裡求救？」

「對，我是眞的嚇傻了，最可怕的是新聞一拍到那片樹林，哥哥就指著樹林喊媽媽！」徐嘉年下意識撫著胸口，「我知道分別的時間要到了，我只是貪心的想再跟孩子多相處些時間而已。」

「也不過多幾天而已……最後你躲到山上卡拉OK去，又牽扯了老闆命案。」警方邊說邊皺眉，這案子很多屍體啊。

「我說過，燕子不會放過我的，老闆是無妄之災，成爲厲鬼手下的犧牲品。」徐嘉年最終鬆了一口氣，背靠上椅子，「總之，事情經過就是這樣，我有沒有殺老闆，你們都可以採證；而我有沒有殺蔡瓊燕，沒有！」

「你知道……繩子上有你的DNA。」

「因爲我綁著她載往埋屍點，上面自然有我的DNA。」徐嘉年老實交代，「或許還可以查查有沒有別人的……我其實也想知道，那晚究竟發生了什麼事。」

這麼誠懇……好人壞人雖然不能從外表判定，但是從口氣到眼神，徐嘉年都眞的不像是凶手。

隔著雙面玻璃，厲心棠心情複雜的看著徐嘉年，他禮貌的再向警察要了一杯茶，感覺眞的是個很好的人。

「繩子上的另一組ＤＮＡ，是蔡瓊燕的。」老警察站在她身邊出了聲，「尤其打結跟繩圈的地方都是。」

厲心棠詫異的看向老警察，「這說的好像是……她自己上吊的？不不不，我跟她打過交道，鬼大姐絕對不會自殺，她沒追殺徐嘉年就不錯了吧？」

「是啊，我也這麼認爲。」老警察面有難色，「只怕迫不得已，就必須問問孩子了。」

厲心棠微微點頭，手機因鬧鐘震動，嚇得她趕緊拿起來察看，「噢噢，我得走了！眞的很謝謝您！」

說著她認眞一鞠躬，感謝這邊的警察相助。

「放心，這我們該做的！」老警察打開門，送厲心棠出去，「只是我怕最後終究是起懸案。」

厲心棠只能聳肩，張于萱或許可以歸咎於電熱水器的高溫意外，昌仔他們還能說是意外，方瑋茹的案子警方是無法找到凶手的，恐怕只能成爲懸案了。

至於蔡瓊燕的死，她也很好奇，不過她相信最後能水落石出的。

走出來時，王思鳳竟然在警局裡等待，手裡抱著一個飯盒，看見厲心棠時有幾分錯愕，但旋即劃上了微笑，頷首像是一種感謝。

這個王思鳳，對徐嘉年眞的是眞愛了。

「妳等等。」老警察突然走近一張桌子，拿起上頭的小信封。

厲心棠驚愕得瞪圓雙眼，僵在原地不動。

「以後用大一點的信封，這很容易掉的！」老警察來回翻閱著信封，「不過還能找人來通知，也算精明了！」

「通、通知？」厲心棠心虛的笑著，誰通知了？

「有個處理熱炒店命案現場的警察，遠到二十公里外的這裡，執著告訴我們一定要找封重要的信，不然我們一時還眞的沒注意到這個。」老警察將信封丟回桌上，「說也奇怪，我們一找到，那警察就彷彿大夢初醒一樣，根本不記得他剛做過什麼事！」

闕擎！厲心棠立刻明白……熱炒店嗎？啊啊，那天他叫她找路過的亡靈感受一下時，先跑去哪裡了對吧？他難道去催眠現場的警察過來通知大家拆封匿名信？

從她豐富多變的表情中，老警察都已經知道答案了，匿名信是她，催眠不是她，但她認識那個人……心情形於色的小妮子。

他也不需再多問，引領著厲心棠往門外去。

「感謝您願意相信我們的話。」厲心棠在警局門口，認眞的朝老警察行禮。

「好啦！別多禮，我習慣了。」老警察無奈的笑笑，不忘指指右手臂，「快走吧，小心點！」

厲心棠瞄著自己纏著繃帶的手臂，很痛，但也沒什麼大礙！她開心的跨上腳踏車，「再見，章警官！」

她眞的沒想到，A市的警察居然相信「厲鬼作祟」這種說詞，還說之前張于萱案時他就覺得不對勁了，但對社會大眾，還是必須要有正當的說詞，這部分他們會處理！重點是案子必須查清楚，人爲部分必須做到勿枉勿縱。

腳踏車一路騎回「百鬼夜行」，下午兩點，今天依然是個高溫的豔陽天，厲心棠心情卻無比輕鬆，因爲闕擎今天出院！肋骨輕微骨折，幸好其他沒有大礙，可喜可賀！

「我回來囉！」

厲心棠開心的跑進二樓，闕擎果然已經在那兒了，他還坐在柔軟的沙發上，前頭的茶几又擺滿甜點下午茶，拉彌亞對他眞好！

「怎麼了？」一見到她，闕擎也難得關切的問。

「徐嘉年眞的沒殺鬼大姐。」厲心棠粗魯的把側背包往沙發上丟，「他只是掐暈她，快埋起來時才發現她活著，他就帶著孩子跑了！」

闕擎眞愣住了，蔡瓊燕當時沒死？「但驗屍……不對，那時是說可能，還要再詳細驗一次。」

厲心棠立刻興奮的坐下來，劈里啪啦的把剛剛聽到的第一手筆錄轉告大家，不過除了闕擎外，其他人表情都很平淡，不在乎或是……根本早知道了。

「就是這樣，章警官說必須得問小孩了。」厲心棠突然抓起闕擎面前的飲料喝了一大口，闕擎嚇了一跳！

「棠棠！」拉彌亞出聲喝止，「那是客人的。」

「反正他又不會喝，你們都是陌生人，他不會碰的！」厲心棠還直接把整個托盤都挪到自己面前，「這麼好的東西，放著浪費。」

闕擎沒好氣的扯著嘴角，但是也不好說什麼，的確！「百鬼夜行」裡的東西他一口都不會動……但她也太直接了！

「所以當晚還發生了連徐嘉年都不知道的事……」闕擎沉吟著，但旋即一驚，自己何必去在意他人的事！「不對，不關我的事啊！」

他昂起頭，看向了叔叔。

「辛苦你了，這次帶了傷，而且還是因爲救我們棠棠，我多送你五點，讓你累十五點。」叔叔邊走還刻意拂袖，「拉彌亞！」

拉彌亞即刻上前，打開了當日在這裡簽的合約，上頭有一個空格，就是寫累點的數字。

「等等，只值十五點？」闕擎開始討價還價，「你們這位根本什麼都不懂，我救她何止一次，她對鬼怪的認識都太片面，這種放出去只會早死！」

「這也是爲你好啊，棠棠越懵懂，你才有更多表現機會。」雅姐突然坐到沙發椅扶手邊，羅袖輕飄，卻嚇得闕擎僵直身子，「點數累越多，對你越好是不是？」

紗袖掠過闕擎的臉，他緊張的看向身邊那氣質絕倫的雅姐，坐這麼近做什麼？

「請不要說得好像還有下次！」

闕擎飛快的接過筆在上面寫下十五，再度捺下血指紋後，匆匆起身，還要厲心棠讓條路，他不敢從雅姐那邊過。

厲心棠突地拉住他的衣角，「喂，你還沒告訴我，你連對鬼都能催眠嗎？」

闕擎略回首向下睨了她一眼，不耐的扯回衣服。

「再見。」

最好不要再見！他好不容易擁有十五次把纏人的亡魂推到「百鬼夜行」的機會，他一定得要好好把握！

從腳步聲都能聽出他的輕快，厲心棠望著已經消失的背影，卻有點惆悵。

「好怪的人。」她坐回沙發，「沒辦法，我什麼都不會，闕擎很討厭我……」

所有人瞬間坐到了沙發，把厲心棠包圍在中間，左右兩邊自然是叔叔與雅姐，他們甚至緊緊摟著她。

「我們的棠棠是最棒的，不會有人討厭妳的！」這一吻落在鬢角。

「他只是不擅於跟人交際，下次會更好的。」雅姐用力貼了她的臉頰。

「還有下次嗎？」厲心棠被抱被親都習以爲常了，咬著泡芙可憐兮兮。

叔叔與雅姐在厲心棠頭頂相視而笑，會有下次的。

只要他們的棠棠想要，就一定會有下次。

「他說得沒錯，我沒想到鬼這麼可怕……厲鬼凶殘，從復仇到喜歡享受奪人生死的權力。」厲心棠垂下眼眸，「跟我認識的都不一樣。」

雪姬端上了一碗冰沙，拉彌亞手持果醬，直接來到厲心棠面前。

「在這裡都是看著妳長大的，但是外面的鬼不認識妳，對妳沒有愛……人類有欲念，欲望過度便會使人墮落。」拉彌亞專業的爲她淋上果醬，「嗔痴愛怨貪，都可以腐化一個人的靈魂，人類，本來就很可怕的。」

頓時，分散一屋子各角落的精怪都點了點頭，棺材裡的德古拉一抹複雜的笑容，而那些身爲亡靈的員工也紛紛同意。

「我希望我可以更好……」厲心棠開心的接過冰，「謝謝彌姐姐！謝謝雪姐姐！」

看著那燦爛的笑容，大家這時就會覺得，人類還是很可愛的。

坐在身邊的叔叔突然拉過厲心棠的右手，執起她的指頭，緩緩戴入了一枚銀光閃閃的蕾絲戒指。

咦？厲心棠望著那精細如蕾絲小皇冠般的純銀戒指，也太美了吧！

「這是？」她望著自己的指頭，眞好看耶！

「戴著，任何時候都不許拿下。」叔叔溫柔的口吻裡，卻有著不容反抗的意味兒。

「但小心別碰到吸血鬼們，那是純銀的。」雅姐不忘交代一聲。

厲心棠珍惜般的撫著蕾絲銀戒，她明白，叔叔給她的肯定不是普通東西，或許是一種保障，避免她受到任何傷害。她不傻，不會愚蠢到爲了爭一口氣喊什麼我不需要，這是家人對她的愛啊！

「啊對！」厲心棠咬著湯匙，突然想起來──「所以鬼大姐呢？」

女人吊在半空中，吊死她的繩子上全都是尖刺，刺穿了她的下巴與臉頰，她痛苦的在空中搖晃，卻無力掙開。

她在一個伸手不見五指的黑暗中，她能感受到這裡非常的寬廣，因爲連她的哀鳴都有迴音。

一陣沙沙音傳來，她想往聲音來源去，但刺進骨頭裡的尖刺讓她難以移動。

「阿天，老大說你可以出去了……不要那個臉，你私自去幫棠棠本來就不好！」聲線沙啞但溫柔，「好了，去三樓找老大報到。」

「要送她走嗎？」下方突然傳來聲音，女人低首，是那天那位外國樣貌的男子。

「不然怎麼辦?讓她繼續殺?這次要不是我派人跟著，緊急情況回來通報，還不知道棠棠會出什麼事!」拉彌亞口吻裡帶著怒氣，因爲這女人傷到棠棠了，「她是屬東方道教的，聯繫一下鬼差，該去哪兒就去哪兒吧!」

「也不是啊，非得讓她去哪兒嗎?」德古拉在下方打量著蔡瓊燕，「不管她信哪個宗教，勢必是往地獄去了。」

「我不……」尖刺刺穿她的下巴與喉嚨，她難於出聲。

拉彌亞蹙眉，「當然。」

「那靈魂就還在?」德古拉露出迷人的笑靨。

拉彌亞凝視著德古拉，旋即劃上一抹笑，長長的馬尾瞬間化爲蛇尾，輕巧的來到蔡瓊燕的身邊。

「唔……妳……」她瞪紅雙眼看著拉彌亞，她想幹嘛!?這間店裡都是些什麼怪物!?

拉彌亞什麼都沒做，只是悠哉的取下了蔡瓊燕左手上的銀色手環，轉眼回到地面時，又成了那削瘦的營運經理。

德古拉做出紳士模樣，請拉彌亞先走，她帶著笑意，掌心用力一握，銀色手環頓時消失無蹤。

「叫食魂鬼下來，我需要他清理一下這裡。」

「經理英明。」

尾聲

「我沒有說謊，媽媽眞的有叫我。」

五歲的男孩，在醫生陪伴下，接受了警方的詢問；家暴的事情已經證實，男孩身上甚至還有菸燙的疤、熱水燙傷的疤，外加幾道縫合傷口，這是短短半年內都好不了的傷痕。

接下來，問了埋屍那晚的事。

「媽媽說了什麼你記得嗎？」

「很凶，媽媽很生氣，一直罵叔叔……但叔叔說我們在玩捉迷藏，媽媽當鬼，叔叔抱著弟弟，我跟在叔叔旁邊，在很黑的地方跑回車子……」哥哥遲疑一下，思考了幾秒，「對，叔叔鑰匙掉了！但是我有看到喔，所以我跑回去找了！」

「你不怕黑嗎？」

「可是沒有很遠啊，我有聽到東西掉下去，而且我有握著手電筒！」哥哥說得理所當然，「我跑去撿時，媽媽就叫我。」

「媽媽說了什麼？不要急，我們慢慢說喔！」

「媽媽說……」哥哥果然想了好一陣子，「要我去叫叔叔，說叔叔不來的話，一定會後悔！」

「那時你看得見媽媽嗎？」

「嗯！媽媽站得高高，這樣子。」哥哥突然雙手握小拳，掌心向著自己，擱在自己的小臉頰旁。

這……不就是握繩子欲上吊的標準姿勢嗎？

「你有看到繩子嗎？」

哥哥搖搖頭，不太懂警方的問法，「我們出發時，叔叔有幫媽媽蓋被被綁繩子，說媽媽會著涼。」

「嗯……好，媽媽手這樣握，是在握繩子嗎？」警察再問了一次。

哥哥皺起眉，繼續搖搖頭，「沒有繩子！」

太黑了，那邊沒有燈源，孩子根本看不見。

「那我們不要管繩子了，媽媽還說了什麼？」章警官再度循循善誘。

「媽媽一直很凶，叫我一定要叫叔叔來，然後就……」男孩坐在椅子上，往前做了個跳的動作，「咻！」

咻！所有人都愣了。

「咻？」

「就這樣，咻！」孩子再模仿了一次，「然後媽媽就不見了。」

「不見了？」

「我看到鑰匙了，就把鑰匙撿起來，媽媽就不見了！」男孩說到這兒有點瑟縮，「媽媽不見我嚇一跳，這時叔叔跑回來叫我，我就趕快跑去找叔叔了！」

現場一片沉默，所以……蔡瓊燕是想要玩一哭二鬧三上吊，結果眞的吊死了？

不對，還有一點。

「那你有跟叔叔說，媽媽要你去叫他嗎？」這話說得像繞口令似的。

哥哥用力的、使勁的維持一貫的搖頭！

「不可以的！那不是捉迷藏嗎？」哥哥認眞的說著，「我們要躲好，等媽媽來抓我們啊！」

後記

如果你還沒看完這本書，請快點蓋上，我選擇後記不寫序，爲的就是不想暴雷啊！

早在《都市傳說系列》結束後的直播中，我就預告過新系列爲《百鬼夜行》，記得當時直播時有人問我：百鬼夜行會寫什麼？我回答：就很多鬼在晚上散步XDDD

我承認，當時我只想好了主題，但內文根本是徹頭徹尾的空白，我根本不知道要寫什麼啦！

直到六月開稿，靜下心來讓腦子自己去決定了走向——一間名爲「百鬼夜行」的夜店就這麼突然在腦子中躍出，影像清晰，我就描寫下來了！

所有角色緊接著各司其職的在夜店裡活動，一切水到渠成！我只要再挑選一個故事主角……是鬼，當然是鬼！既然這系列名叫「百鬼夜行」，我就希望以鬼爲主角，一本書寫一個鬼，寫他們的故事、曾遭遇到的事情。

大原則是希望這樣持續下去啦（心虛），想以鬼爲主軸，所以因爲在「百鬼夜行」裡，無論善惡的妖魔鬼怪應有盡有，他們可能殘忍、可能無辜、可能可憐、但也可能狡詐，更可能以玩弄人性爲樂，所以不一定會有什麼善惡有報的結局，人類也不一定會大勝喔！

事實上在這個社會裡，是否眞的邪不勝正，好心是否眞的有好報，這些事本來就是値得打上問號的；但不是叫大家就不要做好事，心存善念是最基本的，對自己對他人都會展開良性循環，但永遠又多留一份心，這是保護自己也是保護你重視的人。

二〇二〇年，新冠肺炎疫情襲捲並改變世界，我相信整個世界會持續走向變化，我們都要適應改變後的世界，目前長久的影響還看不見，總之也只能以不變應萬變了；但我的小說裡，並不會把這件事帶進去，所以故事背景一樣是個架空世界，不屬於世界上任何一個地方，所以請勿把所有既定觀念、法律、原則套用到故事裡的世界去。

至於有人問是否與都市傳說的世界觀是一樣的？是，我可以在這裡清楚的告訴大家，同一家出版社，若無意外我幾乎都會維持同一個世界觀。

之前在粉專提到國內好盛行的一個形容詞「報復性」，玩笑的拜託大家「報復性買書」，結果居然被大家反問說：「妳要先報復性出書啊！」

說真的一整個感覺被愛啦！

七、八月的確「報復性出書」了喔！活動也多，拿到這本書的你，或許前兩天才在直播中看到了「百鬼夜行X百鬼夜行」的直播，與阿慢老師一起直播真的非常非常榮幸！我們剛好都在八月的鬼月中出版與「百鬼夜行」相關的書籍，所以能一起直播眞的太開心了！

八月十六日，還會有一場「報復性簽書會」，由於疫情書展取消，平時一年一會的人也超久沒看見了！在這炎熱也解封的八月，慶祝新系列的誕生，「百鬼夜行簽書會」上，很期待見到大家喔！

最後，由衷感謝訂閱購買這本書的您們，購書才是對作者最實質且直接的支持，沒有您們的購書，作者便無法繼續書寫下去，謝謝！

笭菁

國家圖書館出版品預行編目資料

百鬼夜行卷 1：林投劫 / 笭菁著 .-- 初版 .-- 台北市：奇幻基地出版；家庭傳媒城邦分公司發行；2020.08（民 109.08）
面；公分 .－（境外之城：109）
ISBN 978-986-99310-0-7（平裝）
863.57　　109009891

ISBN 978-986-99310-0-7

Printed in Taiwan.

※ 本故事內容純屬虛構，如有雷同，純屬巧合。

城邦讀書花園
www.cite.com.tw

境外之城 **109**

百鬼夜行卷 1：林投劫

作　　者 / 笭菁
企畫選書人 / 張世國
責 任 編 輯 / 張世國
發　行　人 / 何飛鵬
副 總 編 輯 / 王雪莉
業 務 經 理 / 李振東
行 銷 企 劃 / 陳姿億
資深版權專員 / 許儀盈
版權行政暨數位業務專員 / 陳玉鈴
法 律 顧 問 / 元禾法律事務所　王子文律師
出版 / 奇幻基地出版
城邦文化事業股份有限公司
台北市 104 民生東路二段 141 號 8 樓
電話：(02)25007008　　傳眞：(02)25027676
網址：www.ffoundation.com.tw
e-mail：ffoundation@cite.com.tw
發行 / 英屬蓋曼群島商家庭傳媒股份有限公司城邦分公司
台北市 104 民生東路二段 141 號11 樓
書虫客服服務專線：(02)25007718 · (02)25007719
24 小時傳眞服務：(02)25170999 · (02)25001991
服務時間：週一至週五09:30-12:00 · 13:30-17:00
郵撥帳號：19863813　　戶名：書虫股份有限公司
讀者服務信箱 E-mail：service@readingclub.com.tw
歡迎光臨城邦讀書花園 網址：www.cite.com.tw
香港發行所 / 城邦（香港）出版集團有限公司
香港灣仔駱克道 193 號東超商業中心 1 樓
電話：(852) 2508-6231 傳眞：(852) 2578-9337
馬新發行所 / 城邦（馬新）出版集團
【Cite(M)Sdn. Bhd.(458372U)】
11, Jalan 30D/146, Desa Tasik,
Sungai Besi, 57000 Kuala Lumpur, Malaysia.
電話：(603) 90578822　　傳眞：(603) 90576622

封面書衣插畫 / Blaze Wu
封面書衣版型設計 / Snow Vega
排　　版 / 極翔企業有限公司
印　　刷 / 高典印刷有限公司
■2020 年（民 109）9 月 28 日初版一刷
■2024 年（民 113）2 月 7 日初版2.5刷

售價 / 320元

廣　告　回　函	
北區郵政管理登記證	
台北廣字第000791號	
郵資已付，免貼郵票	

104台北市民生東路二段141號11樓

英屬蓋曼群島商家庭傳媒股份有限公司城邦分公司 收

請沿虛線對摺，謝謝

奇幻基地

每個人都有一本奇幻文學的啓蒙書

奇幻基地官網：http://www.ffoundation.com.tw

奇幻基地粉絲團：http://www.facebook.com/ffoundation

書號：1HO109　　書名：百鬼夜行卷1：林投劫

請於此處用膠水黏貼

奇幻基地

讀者回函卡

謝謝您購買我們出版的書籍！請費心填寫此回函卡，我們將不定期寄上城邦集團最新的出版訊息。

姓名：＿＿＿＿＿＿＿＿＿＿＿＿＿＿＿＿ 性別：□男 □女

生日：西元＿＿＿＿＿年＿＿＿＿＿月＿＿＿＿＿日

地址：＿＿＿＿＿＿＿＿＿＿＿＿＿＿＿＿＿＿＿＿

聯絡電話：＿＿＿＿＿＿＿＿＿＿傳真：＿＿＿＿＿＿＿＿＿＿

E-mail ：＿＿＿＿＿＿＿＿＿＿＿＿＿＿＿＿＿＿＿＿

學歷：□ 1.小學 □ 2.國中 □ 3.高中 □ 4.大專 □ 5.研究所以上

職業：□ 1.學生 □ 2.軍公教 □ 3.服務 □ 4.金融 □ 5.製造 □ 6.資訊

□ 7.傳播 □ 8.自由業 □ 9.農漁牧 □ 10.家管 □ 11.退休

□ 12.其他＿＿＿＿＿＿＿＿＿＿＿＿＿＿＿＿＿＿＿＿

您從何種方式得知本書消息？

□ 1.書店 □ 2.網路 □ 3.報紙 □ 4.雜誌 □ 5.廣播 □ 6.電視

□ 7.親友推薦 □ 8.其他＿＿＿＿＿＿＿＿＿＿＿＿＿＿＿＿

您通常以何種方式購書？

□ 1.書店 □ 2.網路 □ 3.傳真訂購 □ 4.郵局劃撥 □ 5.其他

您購買本書的原因是（單選）

□ 1.封面吸引人 □ 2.內容豐富 □ 3.價格合理

您喜歡以下哪一種類型的書籍？（可複選）

□ 1.科幻 □ 2.魔法奇幻 □ 3.恐怖 □ 4.偵探推理

□ 5.實用類型工具書籍

為提供訂購、行銷、客戶管理或其他合於營業登記項目或章程所定業務之目的，英屬蓋曼群島商家庭傳媒（股）公司城邦分公司，於本集團之營運期間及地區內，將以電郵、傳真、電話、簡訊、郵寄或其他公告方式利用您提供之資料（資料類別：C001、C002、C003、C011等）。利用對象除本集團外，亦可能包括相關服務的協力機構。如您有依個資法第三條或其他需服務之處，得致電本公司客服中心電話 (02)25007718請求協助。相關資料如為非必要項目，不提供亦不影響您的權益。

1. C001辨識個人者：如消費者之姓名、地址、電話、電子郵件等資訊。
2. C002辨識財務者：如信用卡或轉帳帳戶資訊。
3. C003政府資料中之辨識者：如身分證字號或護照號碼（外國人）。
4. C011個人描述：如性別、國籍、出生年月日。

對我們的建議：＿＿＿＿＿＿＿＿＿＿＿＿＿＿＿＿＿＿＿＿

＿＿＿＿＿＿＿＿＿＿＿＿＿＿＿＿＿＿＿＿

＿＿＿＿＿＿＿＿＿＿＿＿＿＿＿＿＿＿＿＿

請於此處用膠水黏貼